三民叢刊200

# 再回首

鄭寶娟 著

三民書局 印行

# 小說從說故事開始

南方朔

讀完鄭寶娟的短篇小說集《再回首》，心裡立即想到的是小花的影像。小花自在而隨興的開放，拒絕與人爭奇鬥豔。正因小花不被浮名誤，不在浪頭逐高低，遂反而可能更加的接近人間煙火，也更加與人相親。

鄭寶娟的小說就是小花，它沒有當令的這個主義或那個主義的套式框框或規格化的述語，而只是兀自的說著各種人間故事。但在我們的社會裡，尤其是文學這個圈子，當缺少了這個主義或那個主義的支撐，沒有主義即意謂著不能被歸類，從而也就無法被辨識；於是，鄭寶娟就和許多與她處境相似者一樣，注定了小花般的命運。他或她們不太能獲得評論者的青睞，除了在寂寞中自求努力外，就只有等待，等著有一天這個主義及那個主義的時代結束後，他或她們的作品能不能從遺忘的邊緣被人重新記起。

這種情況是一種諷刺，同時也是社會條件所產生的宿命。任何一個社會的小說寫作及類型，原本即是一個多聲交錯、諸類並存的大舞臺，任由各逞姿色，互爭雄長。但文學或文化的這種「多聲交錯、諸類並存」的特性，在我們社會卻顯然並非如此。我們總是亦步亦趨的追隨著時代的新潮，流行時趨之若鶩，有如風捲積雲；而不流行時，則乏人問津，彷彿它是一種累贅多餘。在我們的思想裡，彷彿一切文學或藝術，甚至整個文化，都像直線般的有著既定的軌跡和方向，而這種軌跡即由每個時代的潮流連綴而成。

因此，我們的文學觀點遂永遠是偏狹的，而在創作上也總是潮流至上，其尤者乃是使得創作成了潮流及主義的注腳。一元化的、潮流至上的文學觀點，也迫使著小說創作者急切的要替自己尋找標籤，俾便於區隔和辨識，而無法被辨識的，就難免有成為別人眼中「不存在」的危險。當文學的發展竟然走到「辨識優先」的程度，寧不使人慨歎。

而小說不應該是這樣的。小說起源於說故事，也結束於說故事。說故事才是小說的根本，而應當講究的只是說故事的方式而已。說故事是小說作者的特權與責任，評價小說的其他準則如角色的衝突、意義的呈現、敘述的結構，以及文采韻律等，都寄託在故事中。「辨識優先」的小說趨勢並不能拯救小說的命運。

而鄭寶娟雖然缺乏被歸類辨識的標籤，因而像小花般野地開放。她的小說也很難簡單的歸類為純小說或通俗小說，而這種歸類在許多國家或作者也不必然適用。但毫無疑問的，乃是她終究是個很會說故事的人，而不僅故事可觀，還有文采。

鄭寶娟並非寫作的新人，她的短篇小說頗具功力。稍早前輯集的《無心圓》，即是例證。最近並開始向長篇邁進。閱讀她的作品，最可貴的乃是她多年來對說故事的興趣，以及為了說故事而不斷增加的感覺能力與想像力。就以這本《再回首》為例，十三篇小說，十三個生動的故事，雖然都是現代人的悲劇喜劇，但類型卻多變化，有的接近現代傳奇，如〈母親〉、〈再回首〉等，多數是典型的寫實作品，但也有多篇為頗具巧思的嘲諷之作，如〈被污辱與損傷的〉及〈在旅途上〉等。而在諸多類型的表面下，鄭寶娟最具特色而又足堪發揚的，厥為她對小說角色的情緒變化所做的細膩掌握。情緒變化的敘述乃是故事情節裡更小的單位，也是敘事邏輯裡最核心的元素之一，足以發揮跌宕起伏之效。以〈青春〉為例，少女與男友夜晚在辦公室讀書而被老闆發現，幾句話一講，情緒突然急躁的改變，終而毀掉了兩人的感情，這種感情過場的細膩描寫，即為其他作者所難及。又例如，〈在旅途上〉描寫一個才與白種男友分手，但又陷入另一白種男人感情的女子，其感情變化即多神來之筆，也替整篇小說的反諷效果更為增色。類似的特點在鄭寶娟的作品中極為普遍，顯示出她在講故事的技巧上，確實已更能細緻的掌握住人物性格與情緒的變化，並以此做為情節的主要連繫架構。而這或許也只有女性作者始能有此種天份。

鄭寶娟的短篇小說斐然可觀，她擅長觀察，能掌握人性中細膩處的吉光片羽，或者予人溫暖的啟發如〈醜兒子〉，或予人無奈的同情如〈奇寒無雪的季節〉和〈曾經〉。而在整本選集裡，讓人印象最深刻的，當屬〈再回首〉、〈被污辱與損傷的〉、〈在旅途上〉。這三篇作品無論故事情節、敘述方式，或小說題旨與文辭，均自成一格，也顯示出作者在各種技巧的嘗試中留下的成績。

近年來，臺灣的小說寫作生態丕變，對小說的評價也日益失準，而無論流派起伏，其特色乃是說故事的能力普遍在衰退中，易言之，也就是所謂的風格業已凌駕了故事情節，文字逐漸取代了內容。這樣的發展當然有其原因，但小說作者難耐寂寞，急切的攀附潮流，則無疑的助長了這種趨勢。臺灣小說看似熱鬧，其實卻相當荒蕪，這與歐美或印度等漸趨抬頭的「小說復興」相比，自當為臺灣的小說作者警惕。而小說之復興，當需以說故事的能力為第一要件。小說與散文和文論間最大的不同即在於它以故事為載具及核心，文學的其他價值均由此而輻輳延伸。

不過，說故事畢竟仍只是個開端。說故事之外，其他如風格的演練、辭藻的運用等也都必須被同時講究。這也就是說，寫實的說故事確實存在著它的極限。未來的小說除了故事外，其他要素也同樣應予注意開發。近年來全球新興的小說作者除了亟力恢復小說說故事的傳統外，在風格上亦多創發。這或許也可以做為鄭寶娟亟力創新的另一參考。

鄭寶娟是可以被期待的。她已在短篇作品的長期寫作中培養出厚實的功力，但做為小說作者，除了極少的例外，如契訶夫、奧亨利等，鮮少能在短篇世界裡安身立命，小說作者多半仍需在長篇裡完成自己。但願不久的將來能看到鄭寶娟與眾不同的長篇予人驚奇之感的出現。

是為序言，表示期待。

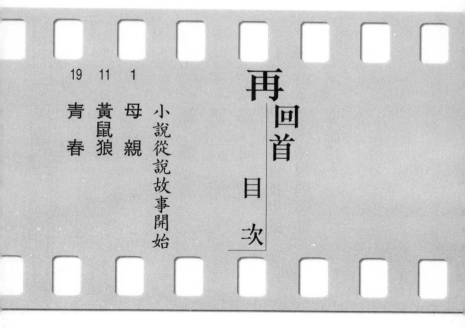

# 再回首

## 目次

小說從說故事開始

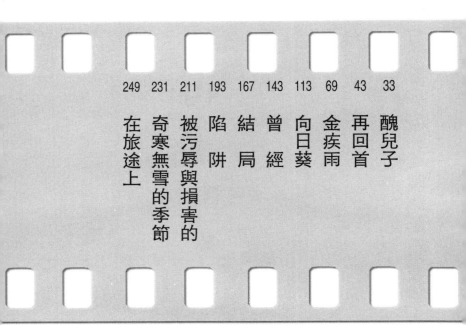

# 母親

女人在黃昏時嚥了氣。在這之前，她已病了十來天，看起來像肺炎，縣醫院帶回來的藥不奏效，高燒退了又來，沒有個清醒的時刻，淋巴結鼓得像一個個鵪鶉蛋，日以繼夜喘得像口風箱，一跌睡過去便與噩夢搏鬥，鬧得滿身虛汗。身體太久沒洗，都餿了，看得到皮膚上面結的鹽霜，偶爾醒過來，老瞪大眼睛看著屋頂暗角的蜘網穗子，眼中透著驚恐，好像那隻醜形惡狀的蟲子會吐根長線垂吊下來攻擊她。

女人斷氣後，男人大大驚恐起來，那個四歲多的小男孩也病得不輕，眼睛分外清亮，時而冷得嗦嗦發抖，時而燒得全身滾燙，呼出來的氣可以把人的皮膚灼傷。男人在小孩高燒不退時，從抽屜底層翻出一瓶清涼油，把小孩全身抹個遍，再把他從床上移到竹躺椅，早些散掉身上的熱氣。任著孩子在昏睡中大哭大喊，因為他早先曾聽人說過，大聲哭喊可以去火，說那是一種生理需要。孩子的燒果然降了些，男人這才去廚房升火，把半鍋中午剩下來的稀粥熱給那個較大的孩子吃，心中想著該在眼前這座荒山中覓塊好地，讓死去的妻子及早入土為安。

●

入夜後，風在空中煩人地吹著哀樂，男人帶著大男孩，肩上扛著一把鐵鍬，走入滿山嗚咽的林濤之中。他在林中找了個空地，開始揮鍬刨土，先刨出一個長方條，再一層層往下挖。

黑風從頂上的枝椏呼嘯而過，被篩成很多股，帶著低微的哨音。男人揮汗工作時，大男孩就靜靜站在一旁垂淚，哭得鼻頭和嘴唇都肥了起來，他知道那個越來越大的坑，就是要用來埋他母親的，母親死了，他還不太了解那件事的意義，只覺得心上有個深深的空洞，寂寞與絕望就從那兒鑽進來咬噬著他。現在他父親用鐵鍬刨出來的土坑越來越深，死亡的形象在他心中跟著一點點具體起來，再加上林風鞭著他的臉，他儲蓄的淚水就全來了。

●

雨跟在風後面來了，男人不得不放下進行中的工作，帶著小男孩奔回半山上的小木屋。門前的小院已被暴雨打成一個泥潭，風挾著雨，從瓦縫中灌進屋裡，這時睡在竹躺椅中的小男孩正在沈重的喘息中發著譫語。

男人將手放在小男孩的額上探了探，發現孩子的體溫又升上來了。他從喉間逼出一連串痛苦的呻吟，站在原地怔忡了幾分鐘，終於走到廚房去，端出一杯水來，從躺椅上扶起小男孩，餵他吞下一顆灰色的丸子。

小孩蜷伏在他懷中嘶嘶喘息，他眼睛望向窗外，心中的悲慟巨大而無底，他剛剛才失去他的妻子，那女人是這個家的守護神，現在他得填她空出來的位子，他得想辦法救救懷中這個嬌弱伶仃的孩子……。山下的地質隊有一輛吉普車，或者他可以背著孩子下山去求他們，讓他們開車把孩子送到八十幾里外的縣醫院去……。

●幾分鐘以後，他背著生病的孩子，後面跟著那個大的，拉上木柵欄，踏著月光就走了，這時雨已停了。父子倆由梯地的坡頭奔了下去，走了半里地，嘩嘩地蹚過溪水，一頭扎進幽深的老林子，枯樹枝椏嘎巴嘎巴地響在他們耳畔，這時大男孩銳叫一聲，歪著身子跌坐在潮濕的落葉層上，原來他剛剛閃了一足，扭傷了腳踝，痛得寸步難行。

男人幾步開外站定，皺著眉頭看著男孩因痛苦而扭曲的臉。他估計到山下地質隊的營地還有八、九里路，大孩子負傷勢必走不了那麼遠，離家倒還近，約莫一里多路程而已，讓那個孩子自己慢慢走回去是唯一的辦法。他想到停屍在房中牆角的女人，彷彿還看得到她長滿了雞眼的赤裸的腳板。孩子沒有理由怕，那個死人是他的母親，她一直那樣沒有自己地呵護著兩個孩子。這山也不可怕，疏疏地長了些不成材的樹，林子不密也不曲，除了野豬、黃狐和獾子在這淺山矮嶺中四處漂泊，漫山流竄外，不曾見過更凶猛的動物……。「你自己慢慢走回去！」他命令跌坐在冷地上的孩子，心很酸，口氣卻很硬，說完掉頭便走。

●大男孩往回走的當兒，月亮在雲間一會兒隱一會兒顯，這是石槽的灰陡山最北也最偏僻的一段，男孩邊走邊盤算著可能在這深夜中攻擊他的野獸和妖孽，腦子咣咣地膨脹起來。野豬和狐狸他不怕，他倒怕蟒蛇，去年冬天他家山牆邊的菜窖就發現一條大蟒，有樹幹那麼粗，被抓到院子裡時還呼呼大睡著，他母親說那條大蟲是被爛菜的霉氣熏暈的。他也怕山精樹怪，它們會伸出枯枝或蔓藤把人一圈圈纏住，先勒暈他，再慢慢吸乾他的血，等到被發現時，已成了一堆白骷髏。想到這裡，他的頭髮嗖嗖地豎了起來，混身起雞栗，不由得從地上抄起一截枯樹枝。

帶著腳傷，男孩近一小時後才回到家，這時屋內一團濃濃的黑，置身其中，他突然聞到院子裡夾竹桃花朵苦澀的香味。母親死了，不說不動不吸氣，像截木頭那樣板直地躺在牆角，這教他害怕，因為都說人死了後要變成鬼的。但是對死去的母親的恐懼，又給了他很重的罪惡感，他那麼愛她依賴她，一旦她死了，他便害怕著她，把她當鬼，她知道了一定會很傷心。他睡在床上，與她之間只隔著一張竹躺椅，屋頂上很多老鼠在奔竄，撥下的灰不斷落在帳頂上，更是搗得他六神無主。

●

樹篩著風，把夜攪碎，他終於蒙在被窩裡汗水淋淋地睡去。噩夢開始襲擊小屋，從牆縫鑽進來，壓在他身上，黑黝黝的枝椏張牙舞爪刺進窗口，不斷戳著他的臉。那隻回春時就躲到窗下來的蟋蟀，連著唱了兩個多月，已把自己唱得心律衰竭，現在牠的病吟和著屋外風的哀樂，裏進男孩的夢裡，於是黑暗的窗口便不斷逸出夢中人的囈語。月亮升上中天時，一隻麻點的蛾子藉著月華，從瓦簷的隙縫中鑽入屋子，在牆旮旯撒了一泡黃尿，迷夢般地飛落在蚊帳的帳頂，在上面密密麻麻地下了一堆卵。

●

響動剛開始時，男孩身體抽搐了幾下，每當朦朧要醒，又被疲倦旋往更深的夢境。他臉上表情游離，完全沒參與屋中那場正進行著的惡鬥，直到一陣排山倒海的巨響把他徹底逼離夢境。在要醒未醒的當兒，他感到一陣寒意，一睜開眼睛，便發現床尾那面矮窗大大洞開著，夜寒就是從那兒灌進來的，這時一隻大得嚇人的蛾子正倉皇向窗外飛去，在月光下，牠拍擊著的翅膀閃亮如軟緞。

男孩沒有勇氣爬出被窩去把窗子再關起來，他直覺知道方才有個什麼凶物闖入屋中，又撞開堂屋大門逃走了，現在那凶物一定還在屋外徘徊，伺機而動，因為他清楚地聽見門前草地一陣陣窸窸窣窣的響動。他心臟跳到喉頭，在被窩裡把自己縮成胎盤中嬰兒的模樣，不一會兒便通身濕透，彷彿剛從水缸中被和衣撈起。等到寂靜又悄悄回到屋中時，他仍然在睡與醒之間掙扎——睡了他就不怕了，可要是再有什麼凶物在他睡著時尋上來，睡夢中他可就無力自衛了。在懼怖中，他突然被一陣巨大的悲愁所吞噬，母親死了，今後再也沒有人會在夢魘時叫醒他，把他摟在懷裡安慰他了……，母親死了，就躺在他腳下不遠的地方，可是卻再也不管他了。

●

地質隊的吉普車把男人送到入山的徑道時，天已濛濛亮。他們連夜陪著他把孩子送入縣醫院，聽說有個大男孩扭傷了腳被迫折回家守著一具死屍過夜，立即又開車火速把男人送回來，開到吉普車輪子深深吃進山路的泥濘裡，再也無法前進時，才把男人放下車。

遠遠看見山中的家時，霧氣已慢慢退去，陰森的老屋輪廓柔美，他彷彿還看到屋角正滴下發綠的簷水。當他踏上通往屋子大門的那一截截石板時，注意到堂屋大門洞開著，門前坡地的萋萋野草被什麼東西碾得一片狼藉，露出裸露的黑土層，再逼近幾步，卻被眼前的景象震懾住了，一隻黑底白花大蟒蛇像截扭曲的爛樹幹般頹然癱伏在草地上，頸項溢出來的血已發黑凝固。

他循著一路血跡衝進屋子，推算大蟒是由屋後南牆的秫秸垛爬上矮窗，進屋後受到了致命的重創，再由堂屋大門逃竄出去的。他心中一凜，想到跟一條看著有七、八十斤重的大蟒蛇纏鬥，留守家門的那個孩子恐怕已遭不測，不由得像獸那樣發出一陣哀號，幾個大步衝向床邊，這一連串動作卻驚醒了熟睡中的孩子，只見他踢掉被子，揉著一雙惺忪睡眼，正從被窩裡冒出頭來。

男人本能地轉身，一眼看到被他平放在牆根處的他妻子的屍體。屍體微微挪離牆角，原來垂在身側的一隻手卻向外賁張出去，紫黑的血漬從她的嘴角往後頸根流，間有幾滴濡濕了她的前襟。他的心臟在胸口別別狂跳，虛弱的身子噗通一記蹲跪在她身畔，這才看清楚她兩排牙齒間咬住的異物，那是一小片閃著鱗片銀光的蛇皮。

# 黃鼠狼

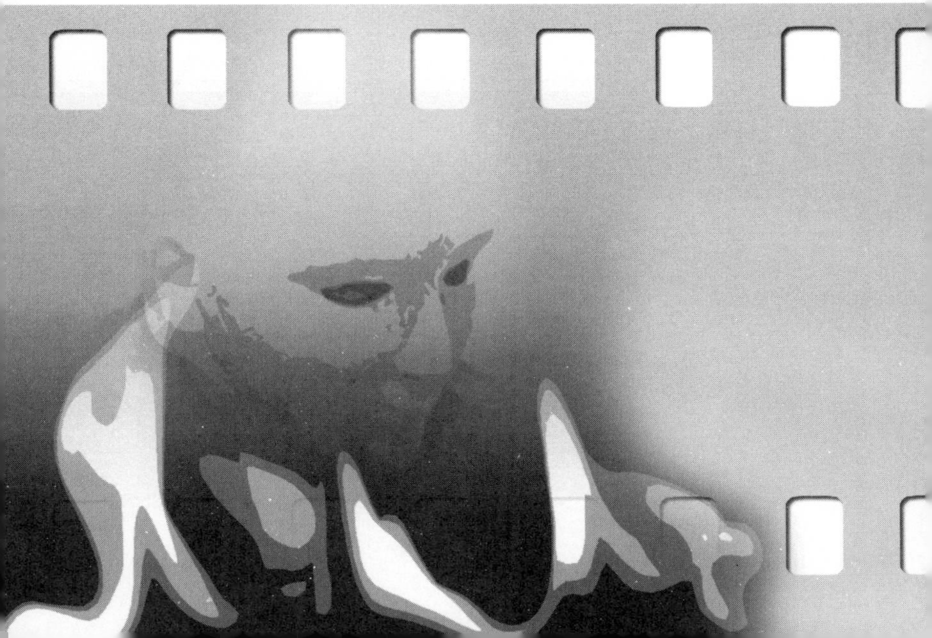

蕭殺了張，湄可能出事時就想到了，她知道蕭有殺張的動機，但是蕭一直很篤定，大概認為沒有人能證明他有罪。可辦案的刑警帶他去太平間看張的屍體，隨行的法醫把物證給他看，突破了他的心防，他便全說了。

是的，是他把張從那截斷崖往下推的，張墜崖之後還沒死，蕭繞了三十幾分鐘的山路下去探個究竟，在張身邊抽了一根煙，大概也發表了一通激昂的演說，才慢慢走回山莊知會大家，等大家趕到那兒時，張已經斷氣了。

暮色四合，涼爽的晚風吹來了未名河潮濕的氣息，這氣息仍然有一部分被保留在我的肺裡，在回想起那件事時，便從肺泡中昇上來，膩在喉嚨與牙齒之間。張腳旁的地被人用鞋尖刨過，我看到鬆動的泥土留著球鞋的膠紋。山下的景物已淹沒在黑暗中了，我們置身其中的這一處山洼還罩在夕陽餘暉之中，可以看到張嘴角那一抹輕蔑的不易察覺的笑意，他半闔的眼睛彷彿正注視著半山瀰漫著的空濛的蜇氣。

蕭點了一根煙，透過煙霧望著遠處影影綽綽的山廓。他的眼光幾次在死者臉上輕淡地停留，很快又回到眼前的虛空。陸與他商量要不要合力把張的屍體抬回山莊時，他正用球鞋鞋尖捺熄剛剛往地上丟的煙蒂，頭也沒抬地說：「他那麼高，那麼壯，恐怕有八九十公斤吧，我們怎麼抬得動他？」蕭眼中的夷然之色是掩藏不住的，彷彿在說，那麼大塊一個人，命卻又脆又薄，不也就三兩下子草草收場了嚒。

我這才注意到蕭的身材要小上張好幾碼。蕭的身材緊湊、經濟、比例勻稱，這樣的體型，猛爆力強持續力也大，適合踢足球也適合長跑，據說也比較長壽，但是有著這樣的身材，就不太可能成為班長、同樂晚會主持人、學聯會代表和男儐相，有這樣的身材，不愛出風頭的話，人家會說他有自卑感，愛出風頭的話，人家也會說他有自卑感。但是這個世界似乎沒教會蕭自卑，只教會他憤怒，尤其是當他使出混身吃奶之勁才追到手的女孩，一見到張那個大塊頭，便眼風詭祕，臉上紅潮不斷時，他的怒焰就更盛。他的脾性、志向、才幹都是XL號的，這XL號的軟體卻囚在S號的硬體裡，註定好要叫他一輩子靈肉衝突。

出發前大家在火車站集合，湄是蕭帶來的，跟一夥人第一次見面。她對蕭不挺親熱，大夥不太看得出來他們是不是一對。當張匆匆背著一口大登山背包趕來時，僅一個照面，湄就像在夏季的熱風中突然迎向一陣海洋的氣流那樣，貪婪地吸了一口氣，隨後便從帆布夾克的口袋中摸出一副太陽眼鏡戴上。這時蕭的眼中便充滿著戒備之色，有意緊貼著湄身邊站著，似乎在做所有權的宣告。出事後蓮告訴我，蕭的第一個女朋友，他妹妹高中的同班同學，就是被張搶走的，張耍了那女孩，又扔了她，蕭也不願再吃回頭草，兩人便散了。為此蕭與張有近兩年時間沒來往，直到張前一陣子辭掉電腦公司的工作出來搞了那個科技補習班，幾回溫言軟語才又把蕭拉去當合夥人。

出發當天晚上我們投宿在山腳下一家溫泉旅館，洗過澡後六個人帶著渾身肥皂香走到瀑布旁那家山產餐廳吃飯。湄坐在蕭旁邊，那是個有心之舉，這樣便可以避去蕭監視的眼睛，可以把張那個美男子整個納入眼底。

餐桌上湄自始至終沒有跟張交換一句話，但是回答旁人的問題時，話彷彿都是說給張一個人聽的，充滿玄機。張也像揣著心事，一口又一口地啜著啤酒。蕭有些心不在焉，常常陷入冗長的沈思，後來大夥猜酒令時，他最來勁，嗓門大得失常，急著輸，急著灌自己酒，還招來老闆娘，跟她要了一包洋煙。

他抽著百樂門，緩緩說道當下那一餐就算他的。原來他與張、陸兩人，再加一個外頭的朋友，約好一起戒煙，還煞有其事地成立了一個什麼「硬漢抗煙毒四人組」，說是誰被其他三個人抓到破戒抽煙，就得請大家上館子吃一頓。

飯後大家去散步，朝與瀑布反向那一線黑魆魆的樹林走去，一路上注視著夜空碩大低垂的星子，耳中彷佛還聽得見河水靜靜流淌的聲音。這回蕭卻又沈默得像塊岩石，只是一根接一根抽煙。張與陸為了抗拒香煙的引誘，便拼命說話。張說起眼前這座山仍然有很多黃鼠狼，說黃鼠狼體型更接近鼠而不接近狼，卻狡詐無比，牠潛到雞舍去，看準了牠要的雞，就從高處躍到那隻體型要比牠大上一倍的雞背上，像牧童騎馬那樣穩當地騎著雞，尖利的兩排牙齒緊緊咬住雞的脖根，要雞往西，就把雞脖根往西扯，要雞往東，就把雞脖根往東扯，一路把雞騎回自己的洞穴裡，再狠狠咬斷雞的頸動脈，從容自在地飽餐一頓。

回到旅館門前，蕭突然停下腳步，把湄叫住了。他說他有話要跟湄談，讓我們先進旅館去。湄臉上有抗拒的神色，但還是跟他留在外頭。半小時後湄就回到我與她和蓮共住的房間了，她胡亂把衣服、浴巾、化粧品塞入登山背包裡，說她要到車站去招輛計程車回臺北，把話扔給我們後拉開房門就一股旋風似地走了，後來還是張與陸追出去把她勸了回來。蕭與湄那席談話以蕭刷了湄一巴掌，湄罵他一句「三等殘廢」結束，這是出事後湄跟我和蓮說的，後來她也把這些話說給了偵訊的警官聽。

第二天的登山，一夥人都有些興味索然。出發前蕭又買了四包煙，還是百樂門，「你幹嘛一買就是四包？」陸問他，他答道：「等你們兩個破戒時，接濟你們。」

我們是下午三點多時到達半山上的小山莊的。前一批人早上走的，餐桌上有他們沒吃完的營養餅乾和牛奶。陸和蓮動手做飯，他們燒水下麵條，拌上罐頭肉給大夥吃。飯後蕭點燃了一根煙，又陷入冗長的沈思，就在這個時候未來已經悄悄向現在延伸，回想起來，蕭那時的靜默真是震耳欲聾啊。就在他約張出去走走時，一隻黑色的鳥從屋後的樹叢中倏地飛出，沿樹梢低掠而過，濃郁的草樹與水的氣息，似乎使張心中充滿美妙而寧靜的遐想，對於正悄悄欺近的那個陰冷恐怖的將來，他似乎沒有一點預感。

他們往我們上山的那條路再倒走下去，我與湄就倚在山莊前平臺的木欄干目送他們走遠，在他們兩人的身影沒入被松樹的椏杈掩映著的山徑時，我彷彿看到遠處松林稠密的枝葉好像打了個寒噤似的抖了抖。

後來蕭帶我們到出事的地方去，指著山徑那處缺口說，張就是從那裡掉下去的。我們傾身往下望，看到二十幾公尺下面那處山洼裡仰天躺著一個人。在我們又繞了半個小時的山路才到了張腳旁時，陸狐疑地對蕭說：「你為什麼不直接把我們帶到這裡來？」蕭沒答他，但是我想我們四個人都知道答案，蕭一直在拖時間等張澈底斷氣。

從出事地點摸黑走回山莊後，大夥決定等到天亮再一起下山找人上來處理這件事。張走後留下的氣息好像凝固在那個木結構紅磚牆面的大房子裡，在大夥徹夜的獨坐中，那氣息一直沒有消失。後來陸在大通舖上睡著了，他的那頂棒球帽在他胸脯上起伏。蕭一根接一根地抽煙，他出發前預先買了四包算是很有遠見，全仰賴那煙，他才維持住了情緒的穩定。湄痴騃地坐在一把木凳上，兩隻手緊緊環抱著單薄的自己，後來終於跳下凳子，走到屋外去，這時群山的背後是西沈的弦月，東方曙河欲曉。我和蓮在湄旁邊站了一會兒，抵受不了山中的夜寒，便鑽回屋內。

我們原以為這會是一件懸案。湄與偵訊的警官三度深談後，警方在家屬的同意下解剖屍體，事情於是急轉直下。

警官帶蕭去停屍間看張。帶膠手套的法醫掰開死者的嘴，用一把銀光閃閃的鉗子從張口中夾出一截泥污的煙蒂，警官一旁註解道：「百樂門牌。」至此蕭的心防終於崩決了。

蕭可能是一隻黃鼠狼，但張不是一隻雞。幸虧不是。

青春

總是這個時候，在晚飯已經燒好，蓋在彩色鍋裡保溫著，在先生已經下班但還沒入門之前，一天差不多已經要過去，就有那麼一段前後不銜的空白。這個時候，她會給自己沖一杯茉莉花茶，然後熄了屋子裡的燈，輕輕偎入客廳窗前那把長沙發椅裡，望著屋外不遠處舞著許多蚊蟲的寒磣的街燈，一口一口地呷著茶，一邊把茶杯口在牙齒上輕淡地叩著。心差不多是空的，整個人對未知的人生虛應以待，這個時候寂寞就來了，無助、無告，深入肌理，抽搐著五臟六腑的，叫人想放聲哭泣卻覓不出個理由的寂寞，就襲來了。

她又呷了一口茶，隨後做了一個深呼吸，感覺到夜已滲透到心底，隱隱約約，淒淒涼涼，成了一座影子的國度，許許多多的人與事，便像黑暗中從不知名的處所突然飛出來的蝙蝠，拍打著肉膜大翅膀，一隻接一隻撲進她的胸膛，使她的心越縮越緊，有個臉孔便在黑糊糊的背景中浮現而且擴大，一隻眉低一點，一隻眉挑一點，紅潤肉質的唇微微翕合，好像總在輕聲吹著口哨——一張歡快的二十三歲男子的臉孔，正在燈下翻英漢字典，在完成派給自己的功課後，按捺不住得意著，等待著她的兩句誇獎，一點慰勞。

她十九歲，卻整整矮了他一個頭，他後來與她熟了些時，有回故意貼著她站定，身子略略一提，把自己的下巴扣在她的頭頂，用驚異中帶著疼惜的口氣說：「妳好小一個，我用一隻手就可以把妳抱起來！」

當然他沒敢那麼做。在她面前，他說話總是細聲細氣，走路也輕手輕腳的，舉止動作，全跟他的身坯與氣質不相稱，而且總像在諦聽著什麼似的，好在它真正來臨時迎個正著，給予熱烈的呼應。只要他一來，屋子裡的空氣便怔怔悸悸，籠著一種含隱曖昧的意味，她感覺到了，卻努力不予理會，因此便被深深擾著了。

要知道故事的開頭，還得把時間往前推到幾個月前。那個黃昏她巷口麵館吃完牛肉湯麵，折回辦公室的路上，碰上連著機車翻倒在地的他。這個男孩她見過，每天黃昏在巷子裡騎著取掉滅音器的機車蛇行，擾得四鄰不得安寧的人就是他。現在他自食惡果，摔得四腳朝天，鼻青臉腫，牛仔褲膝蓋的部位暈得一片血漬！她上前幫他把壓在身上的機車挪移開來，把手伸給他，讓他借力從地上爬起來。他面帶愧色地謝她，由他說國語的濃重口音，她聽出他也是花蓮人，於是兩人便聊開了。

他把機車騎到牆上去，把整個車頭都撞爛了。她帶他到幾十步開外她的辦公室去，那兒小藥箱裡有棉花、酒精、消炎軟膏可以替他把傷口包紮起來。

她在一家室內裝潢雜誌社當會計，晚上在一所私立大學商學院夜間部上課，逢上沒課的時候，下班後她會留在辦公室自修，準備參加日間部的插班考。老闆知道她經常晚上一人待在辦公室裡，但從沒過問這件事，她是個很盡責很本分的女孩，從不曾帶走辦公室的一個信封或一支原子筆，也從來不在辦公室打私人電話，做老闆的可以想像得到，她晚上一人待在辦公室時，也會熄掉所有的燈，只留她自己辦公桌上那盞小檯燈。

她把他讓入辦公室後，他望著四壁琳瑯滿目的海報及設計作品，在不易察覺的短暫一瞬，眼中有著無限嚮往。

她把掛在牆上的小藥箱搬到自己辦公桌上，掇了一張椅子給他坐，正動手檢查他的傷勢，他突然紅著臉問：「我得把牛仔褲脫下來囉？」她沒想到這一層，整個臉漲得通紅，他不忍心看她被困窘住了，突然抓起她桌上筆筒裡倒插著的那把剪刀，對著被血漬染紅的牛仔褲膝蓋部位霍然一刀剪下去，剪了個方型的大口子，把傷口露在她眼皮子底下。

從此他不上北淡公路去飆車了，只要入夜後見她辦公室裡透出燈影，他便來按門鈴，在她開門把他納入裡頭時，他眼中總有著怯怯與柔軟的一點什麼。他來陪她夜讀，後來在她的指點下，他也開始讀起書來，光華商場覓得幾本高中的教科書與參考書，在她的講解下，按部就班溫習起幾年前丟失的功課。

他是個齒模工人，在一個同鄉的家庭作坊裡工作。她總覺那份工作不大適合他，與他的個性脾氣，甚至血統都不相稱，她感覺像他那樣的一個人，應該以陽光為活動背景，任風澆雨鑄，或早或晚，在沈沈霧靄，淡淡金光中出發與歸去，揮著汗築橋鋪路或平地起大樓什麼的，總而言之，他讓那份鑄造齒模零碎囉嗦的工作給囚住了窘住了。

他各個學科的程度都極差。原來他高中只念了一年多便輟學北上工作，沒兩年便又應召入伍當兵去了，至於為什麼輟學呢，他含含糊糊地說到是因為在學校幹了幾件壞事又頂撞教官，所以被開除學籍。

對學業的中斷他似乎不是太在意，對當下的工作他也不是太經心，他的人生沒有什麼目標，也就是一天接一天湊合著把日子過下去罷了。這令她替他感到非常的痛心，她替他決定他應該重拾書本，先從高中夜校上起，或者自修一個階段，參加高中學力鑑定，然後想辦法再考進大學裡去，讀工科，最好是土木系。

他聽任她的安排，她讓他去買書，他就去買書，她要他坐下來讀書，他就坐下來讀書。跟她在一起的時候，他心中總有些東西閃閃爍爍地翻動，除此之外，整個人慢慢地就靜了定了下來，連白日裡工作也比以前用心多了，只有在想到過兩天又可以跟她並肩坐在一起看書，看累了兩人不期然抬頭相對一笑時，他的一顆心才會撲通撲通直跳。

她不愛回住處，她租的那個地方糟透了。房東是個退休的小學老師，算盤打得極精極細，在自家公寓頂樓加蓋了半戶違章建築，用蔗渣板隔成了四個小單間，夏天熱得像蒸籠，冬天又四壁透風，沒有浴室，只在房子牆外安了個水龍頭，得用一口大塑料水桶打水進屋洗擦澡。

同住的四個女孩上學的上學，上班的上班，誰也不放心把衣服曬在房外，便在房間走道上牽一條尼龍繩，把洗得水淋淋的衣服晾在自己房門口，弄得室內空氣永遠潮濕滯重，牆角霉斑處處。走道盡頭是個小側門，望出去是一片屋頂的海，往上看，可以看到一點雲，或一點都市雨夜的霓虹，往屋子裡看，看到的是伸進來的一注陽光，陽光中浮塵飛舞。

就這樣，也只能是這樣，在那個地方過起日子來，一色的平淡沈悶，無結構無起伏，她朝霞般的青春年華，便在透透迤迤的日子裡澌澌流走，直到那個騎野狼機車的男孩闖了進來，總算醅新了她對生命的感情。

兩人待在她辦公室的時間越來越長，為了使那樣的相依相傍名正言順，兩人都拚命用功讀書，只是偶爾站起來伸伸懶腰，喝一口白開水，再溫柔地相對一笑，交換著一種穩定而不表露的感情。

她像個大姐姐那樣，每天都要檢查他功課的進度，發現他果真把書都讀到腦袋裡了，便非常欣慰，忙著說起她已經幫他打聽了附近一所高中夜校下學期入學考和註冊的日期，還吩咐他過兩天學校開始分發報名表時，不要忘了去拿，「你現在讀書，不必爭時間，但一定要讀出實力來，真有實力，高中湊合著讀張畢業證書，大學才想辦法上日間部，上公立的。」她為他描繪遠景，聽得他眼中忽放異彩，覺得人生一路山高水長，樣樣都因為她才有了新的意義。他被她更新了，已不再是從前那個騎著機車滿處撞，到處晃，把一條小命懸在油門上逞一時之快，說話野聲野調的街娃兒。

機車修好了，偶爾替老闆辦事才騎出門。有回兩人很晚才從她辦公室出來，不約而同看到懸在樓群稜線上方那輪滿月，都定住了腳步。他說起以前多少回，他心情不好時，便騎上機車，殺出大臺北，往北海岸奔去，去躺在白沙灣的沙灘上看月亮的舊事。她聽出他那輕描淡寫的口氣裡有著無限的懷念與不捨，心中怦怦然動，胸口癢癢的，她也是海邊長大的，她也愛在沙灘上看月亮。

於是便坐著他的機車出發了。他們從都市的樓群突圍出去，呼嘯著穿過十字路、鐵軌、平疇、荒丘，感覺夜晚的涼風撲在身上非常舒暢。一開始她雙手輕輕搭在他的肩上，僵直地坐正身子，想辦法不貼靠著他，可是在出了城圈子之後，他突然把她搭在他肩上的一隻手抓下來，讓它貼著他的腰身，他那一隻手竟還戀戀難去，緊緊摁著她已經被馴化得非常軟柔的巴掌。

隔著他身上那件薄薄的襯衫，她感覺他的體溫，感覺到他厚實的男性的背脊，她在機車上一個顛躓時，不由得把臉貼靠上去，另一隻手也滑到他的腰際。這一碰觸使兩個人同時鬆下了全身繃得緊緊的神經，可卻更感到那點微微的抗爭搔騷，所幸借夜色遮著，兩人都還有幾分安徐自在。

他們在白沙灣停下機車，兩人手牽手走向一片稀疏的矮松林，就勢坐在淺沙浮草上頭，久久覓不出一句話來說，單單只是滿腔叫人心悸的幸福與陶醉，不時要化做一聲歎息從鼻腔裡逸出來。終於他先把持不住了，順手從腳下撿起一塊石頭扔到眼前的林子裡去，沈重的回聲驚起了夜鳥盲目地在頭頂上盤旋，停落又飛起，發出了翅膀打擊樹枝的聲音。

如水的月光灑在沙灘上，照得沙灘上的紋路清晰得如詩如畫，四野寂靜，只有不斷和諧的海濤在他們和整個世界之間築起一道高牆。他先踢掉大球鞋，接著霍地站起來，飛快地解開襯衫上一粒又一粒的扣子，「我想去游泳。」說這話時已經把牛仔褲連著內褲一齊褪下來。

他赤條條地站在被松枝松針篩得斑剝陸離的月光之中，坦然地迎住她的目光。她也坦然，而且充滿了解，眼前這個渾身忍不住的精力的年輕男子，因為無法讓自己在月光下的荒地裡與一個他喜愛的女孩相處時心中不生雜念，所以想奔入浪濤裡去洗掉自己一身俗障。甚至他赤裸的肉體也純潔得像眼前的荒丘與松林，要說在這光耀的青春的色彩與形態裡，包藏著罪惡，那是挑撥與侮辱！

「妳也來嗎？」

她靜靜凝視他的臉，終於綻出了一朵笑花。她仔細地，從容地把自己從衣服中一點點剝出來，直至整個人裹在銀色的月華之中。下一分鐘，他們已經撲進浪裡。

他們在浪裡追逐翻滾，又叫又笑，但是聲音一發出來，才在唇邊便被風濤與海濤奪走。她在一個浪頭下閃了一足，整個人沒入浪裡，他心上一凜，趕忙縱身躍入那個浪谷中，把她整個人從海水中拖起來。

月亮開始下沈時，他們才又從波濤中鑽出來，像兩條銀光閃閃的魚兒那樣，飛快橫過沙灘，竄入那片矮松林裡。

見她冷得嗞嗞發抖，他抓起地上自己的襯衫，把她攬入懷裡，便開始用手上的乾衣服幫她搓揉，「不用！不用！」她料得自己抗議著喊出的話是夠大聲了，實際上聲音並沒有出口，話是在心裡對自己講的。臨到這裡，她昏亂到疑心自己是在夢中。

海邊夜泳那個晚上以後，他便天天來找她了。他到她住處樓下等她，送她到公車站去搭車上學，不上學的日子，兩人巷口牛肉麵館一起吃了麵，便到她辦公室去看書。現在念書由他自己編進度，把一日份的功課做好，他便安心滿意，能分外多念一點，他就會按捺不住的得意了，要細細說給她聽，博取她一兩句嘉許與肯定。

演算數學習題或翻查英漢字典時，他左眉低一些，右眉挑一些，微微翕合的嘴唇裡含著一首歌，好像隨時會打開嗓門，把它釋放出來。入夜後的辦公室裡洋溢著他的聲息，如風如水，她呢，她感覺自己好像上了一條船，就要在麗日和風中揚帆遠去。

有一天晚上，一個星期六晚上，她的老闆路過那兒，見到木格子窗玻璃裡透出來的燈影，便按門鈴進去瞧了瞧。老闆見屋子裡另外還有一個人在，怔了怔，馬上滿臉堆笑，眼光移到她臉上，又是一個很理解很會意的笑，「妳還真會保守祕密啊。」

那男孩跟普天下所有在別人手下做事的人一樣，對老闆這種人有著天然的排斥與戒心，為了在女孩面前表示他是個不屈從威權的人，在老闆入門之後，他的屁股像在椅子裡長出了根，挪都沒挪一下。當老闆把眼光投向他時，他竟閉起眼睛背英文單字，眉頭緊皺，口中唸唸有詞，像哪個俗障未除的老和尚在誦經，聲音聽在她耳中卻分外地響，I–N–T–E–R–N–A–T–I–O–N–A–L，國際的，世界的，國際的，世界的，international，I–N–T–E–R–N–A–T–I–O–N–A–L，international，國際的，世界的。

老闆輕輕笑出聲來，「好用功，」老闆挪近一步看男孩手中捧著的書，「高中英語，第二冊」，唸完書名老闆又笑了。再把眼光往她身上擱，衝著她頗有含意地一笑，說：「用功歸用功，也不能累壞自己，該睡覺時可不要硬熬著。」說完便拜拜走了。

老闆臨走前那幾句話也許一點旁的意思也沒有，可是她卻變得非常敏感非常小氣，把那幾句話在腦中演繹出很多很多意思來，因此大大地氣惱著了。她「啪啪啪」合上手中的書本，用超乎尋常的聲量對那個正衝著她傻笑的男孩子嚷：「走吧走吧，讀什麼書，像你這個讀法，讀一百年也讀不出什麼名堂來！」

男孩本來就是不太會看臉色的，女孩的心他從來就摸不著它的底，「我把這一課的單字背完再走吧。」

她聲音又更硬厲了些：「背它幹嘛，你連國語都說不好，學英語你學得好嚜！」

她猜想她的臉色一定很難看，因為他像個打得鼓鼓的輪胎，滋的一聲撒了氣，軟綿綿地癱在椅子裡，在她又開始催他走時，突然變得手忙腳亂，讓一支鉛筆掉在地板斷了芯。

從此她不再上辦公室去自修了，沒課的日子，也是在下了班後就直接搭公車到學校去，找個空教室看書，找不到空教室，便到附近一家冷飲店去。她想過他的反應，猜想他大概無法理解她心境的轉折，但他也不是個喜歡招攬煩惱的人，一件事兒他想過，他不懂，他大概就不去想了，不久便會回到生活給他安排下來的屬於他的地方去，像空氣中的灰塵一樣，隨世浮沈。

可是有一天從學校回住處的路上，才下了公車，就看見他站在公車站後面騎樓的暗影裡等著。她佯裝沒看見他，加快步子往前走，他在後面遠遠地跟著，直到她住處的樓下時，他才快步上來，氣急敗壞面色枯槁地問：「我到底做錯了什麼事，使得妳再也不理我了？」「沒，沒，你沒做錯什麼事。」「那又為了什麼？」「沒，沒，沒為什麼。」他看了她一眼，突然轉頭就走了。回想起他深瞘的眼睛和削下去的雙頰，她才知道她給他的是一個晴天霹靂驟下的雨雹，大概打得他靈魂深處都冰涼起來罷，她心裡這麼琢磨著，卻是加快腳步飛奔上樓。

過兩天那輛野狼機車又開始在那一帶肆虐起來，滅音器被取掉了，擾得四鄰沒有安寧。一陣子以後，又聲銷跡匿了。偶爾想起那個人來，她只覺得有一點東西像發酵的麵糰似的，緊緊地貼到心上，但過了不久，便也把他忘了。

那已是十幾年前的事了，直到最近才突然又想起來，而且在腦中一遍遍地追溫著。不知道為什麼，近日她讀報章雜誌，看到有通緝犯伏法，或貧寒青年白手起家的事，便要仔細看看主角的姓名與籍貫，那個人從她生命中逸走了，他便有了無限的可能。

無限的可能，在這個蝙蝠張著肉膜大翅從樹洞一隻隻飛出來的陰翳的黃昏時刻。

# 醜兒子

他經常說自己旋生旋滅，看破紅塵，獨來獨往，超然物外，妻子孩子，可有可無，要想解悶，不如在窗前擺一盆水仙花，要想不朽，就得立功立德立言。

孩子是一次事故的產物。那時兩人交往不到一年，有回郊外踏青，逢上一場雨，奔了一程，見路邊一家溫泉旅館，便躲了進去。雖然也有措施，孩子卻來了。毫無心理準備，可是既然來了，就得接受，他這麼一位朋友圈子裡有名的人道主義者，讓女人去墮胎或當未婚媽媽，絕對幹不得。於是要了孩子，也就跟著要了妻子。

他暗地裡多少感激女人的有效率，強迫他做爸爸，他都三十九歲了，生養下一代的黃金時段很快就要過去，孩子再過幾年才來的話，恐怕尿片奶瓶小兒科幼稚園兜著轉的生活，會有心力不濟之感，而且到學校去接孩子時，說不定旁人還以為來的是爺爺哩。心境上這一轉折，立即化消極為積極，每每看著新婚妻子日益隆起的肚子做遐想，想像那未來孩子是男是女，是美是醜，居然懸心得很。

雖說醫院婦產科裡有著交好的朋友，隨時可以殺過去請超音波掃描洞察秋毫，但是他卻久久按兵不動，孕期過了四個月以後，親戚朋友見了頂著坟包也似的大肚子的女人，總要問起孩子的性別，「我們不想知道，我們要保留這個驚喜。再說，男孩女孩都一樣，我們對孩子沒有什麼性別方面的偏好。」一席話說得非常漂亮，完全一派進步人士的口吻，他妻子便一旁不斷微笑點頭。

他確實不太在意孩子的性別，他在意的是孩子的容貌，偏偏超音波照得出男女，卻照不出孩子的模樣兒。

他跟大多數男人一樣，原來也盼望生女兒。兒子被寵嬌了就成了個窩囊廢，女兒不怕被寵嬌，嬌嬌女不是個小公主就是個大閨秀。兒子跟父親也要同性相斥，既不能分擔孤獨也不能撫慰孤獨，女兒只要一召喚，就會隨時來到父親身邊。但是他無意中在一篇閒文裡讀到一句話，說兒子長得像母親，女兒長得像父親，是遺傳方面的金科玉律，便改變了想法，他不能想像一個長得像自己的女兒。

他長得讓人驚心動魄的見醜，禿眉毛，肉裹眼，獅子鼻，方下巴倒扣上來，唯一稱心的是有一匹寬闊的額頭，和壯碩的體格。自小功課就好，讀書考試像搭順風車，可仍然處處感到做個醜人被差別待遇。國小五年級時，他第一次受到正面打擊。那回學校舉行演講比賽，每班挑選一個同學參加，他國語字正腔圓，作文辭意典雅，而且預選時演講稿全班寫得最好，可是臨比賽前兩天，老師召他去辦公室講了一通不著邊際的話後，用打商量的口氣要他把演講稿交出來，讓班上一個長得非常端正娟秀的女同學代替他參加比賽，他心中約略知道原因，卻仍然忍不住連問了幾個為什麼，老師先是閉口不語，見他僵立著等待一個說法，兀自搖搖頭，佯裝整理抽屜裡的東西，「這是為了班上的榮譽啊。你吃虧就吃虧在長相上頭。」

從此他對這個以貌取人的世界沒有了幻想。他處處避著人，一心一意投向書本，用壓倒性的優良成績報復淺薄炎涼的人間。國中高中上的都是明星學校，始終名列前茅，還有閒心讀些文學作品，發現唯有在鉛字的世界裡，能知天地之大，能曉人生之難，有自知之明，有預料之先，苦而不以為悲，受寵而不以為歡，寂寞時不寂寞，孤單時不孤單。偶爾把生活的感觸謄錄在稿紙，寄到報紙副刊去，竟也常常被印成鉛字發表出來。

高二那年因為寫文章的關係，交了幾個文藝同好當筆友，其中有個市裡另一所明星女中的學生，兩人通了半年多的信後，她寄了一張生活照給他，是個色氣靈動的小美人，他幾經掙扎，終於還是沒再給她回信，他怕她再下去就會提議與他碰面。

大學畢業服完兵役後，他出國深造了。在國外他很快發現，人們不太在意他的容貌，他們大概以為中國人就該長成那個樣子，老師同學都跟他挺親熱。他又走向人群，學會笑與大笑，甚至還有興致逛時裝舖子，給自己添漂亮的衣服。

揣著張理工博士的文憑回國後，他回母校從副教授幹起，而且出了第一本哲理散文集，學生中不少崇拜他的，校園裡跟他進進出出，關係不太像師生，倒更像先知與他的追隨者。很長一段時間，人們已經不太注意他的醜了，也可能人們認為他醜得有款有型，很配合他的身分。總之，他可不是一個碌碌無奇的人。

臨到要複製自己時，這才關心起遺傳的問題。長相方面，孩子最好不要像自己。最理想的是來個男孩，有他母親端麗的五官和沈靜的個性，有自己的智能與體格。

孩子匆匆來了，比預產期提早了十多天。他在產房外的廊道踱步，一顆心像鉛桶一樣七上八下，不時湧起一股不安的混濁暗流。聽到一陣嘹喨的啼哭，直覺以為是兒子，腦中瞥見妻子那張秀麗的臉，心情振奮了一下。被護士延入新生兒房時，突然又緊張起來。他恭恭敬敬的從護士小姐手中接過襁褓中的嬰兒，不看不知道，一看嚇一跳。那孩子鼻塌嘴歪，下巴倒扣，閉住的眼睛瞇成窄窄一條縫，滿臉皺紋，彷彿有一百歲，幾綹黏糊糊的繭毛裹在起伏不平的腦袋上，一塊黃疸像京劇的花臉圈在眼睛四周。他看著看著，心口壓上一塊鉛餅，臉色整個暗了下來。

這回他徹底被遺傳給擊垮了，跟產後留院休養的妻子商量，就單單要一個孩子，不再生第二個了，讓他妻子趁還住在醫院時，請個醫生替她做結紮手術。

他那提議把他妻子給弄哭了，他大大傷了她的心，她剛剛千辛萬苦給他生了個兒子，沒得到他一言半語的安慰與嘉許，卻說不再要小孩子，要讓人把她給閹了。

望著那個哭得肩膀一抽一抽、淚流滿面的女人，他不再說話了，他聽說過產後憂鬱症這個名詞，想必他妻子也染上這個毛病了。

他每天到醫院去，都拖著沈重的步子，一顆心墜得他累。那孩子醜得讓他絕望，這都得怪自己，他想像著今後在幼兒園在小學，老師發糖果時，一定發到他兒子時就剛好發完了，挑選小孩上臺唱歌跳舞演戲時，不管他的兒子天賦多好，鐵定沒他的份，上中學以後，也不會有女生跟他借詩集，或拿數學題目就教於他。這孩子注定要有個灰撲撲的童年與青春期，宿命的肉體之監啊，要慢慢挫掉他所有的驕氣與銳氣，他注定要成為一個憂悒、孤僻的青年。

可是他妻子他寡母都非常愛那孩子，她們完全看不到他的醜，彷彿全天下的嬰兒都該長成那個樣子似的。把孩子從醫院帶回家後，婆媳兩個便有志一同，全心全意調理起那團紅通通皺巴巴的肉，每每在他神氣活現引嗓大哭時，慌忙從房中不同角落奔向嬰兒床，唯唯諾諾圍著他，憂心忡忡的研究：「餓了嗎？不會吧，剛剛才吃過。還是太熱了？窗子可以開一條小縫透透氣啊。會不會是尿濕了？還是想要人抱起來逗著玩？」

他心裡有種深刻的感動，他的醜兒，他的分身，可不缺少愛，世界上有多少磁娃娃也似的漂亮孩子，還得不到這份親情的潤澤哩。看著他母親用一種很知心的口氣提醒他妻子，那孩子五官與神態如何肖似他時，他總有一種啼笑皆非之感，他母親簡直是在嘉許他妻子那麼忠實的複製出一個他來，而他妻子也不無得意的接受了那嘉許。他不由得為母性愛的盲目而慨歎，小時候因為長得醜而受到奚落與排斥的苦難記憶，又漸漸淡漠下去了。

孩子能跑能跳以後，夫妻倆經常帶著孩子到郊外去踏青，或上百貨公司去閒逛，買幾件奇巧的玩意換孩子一張笑臉，是夫妻倆最感幸福的時刻。偶爾碰上熟人，他總是興高采烈的介紹身旁的太太及小兒，滿心歡喜立在一旁笑，毫不保留的展示他的幸福。

那天在東區鬧市，馬路上突然被一個高個子叫住，回頭一看，是大學裡一個同班同學，一個他極不喜歡的傢伙，兩人同學四年加起來也沒說上十句話，一點交情也談不上。而十幾二十年後街頭偶遇，老同窗不敘上兩句也說不過去。那傢伙捉住他回身招呼時，便把身旁的太太和一個國小學齡的女兒介紹給他。他也拉過落在兩步開外的太太，孩子因為一直扛在肩上，所以便響亮的拍拍孩子的屁股，算是介紹。

那傢伙站在人潮之中，從他的臉看到上頭孩子的臉，又從孩子的臉看回他的臉，如此來來回回好幾遍，末了還把他那個臉上粧化得非常誇張鮮明的太太抓過來一起品評，打量他父子兩人的神氣，就像哪家舊貨店派來的估價員，「妳看，簡直像一個模子扣出來的兩塊糕，眼睛、鼻子、嘴巴、臉型，還有那往前勾的下巴，沒有一個地方不像。」

他見妻子臉上的笑容斂回去了，心頭的火有點往上冒，臉色不太好看。那傢伙到底是存心挫辱他，還是天生口無遮攔呢，他不甚了解，但是為了顧全身旁妻子的尊嚴，他不能失去自己的風度，少不得勉強在臉上敷上笑容。

深秋了，太陽仍然照得人鼻尖流汗，他大手一拍，表示準備兩散，可那傢伙興致還正好哩，「他以前在學校時，是校園一怪，醜出了名的，沒有人不認識他。」

「你呢，你是狗嘴吐不出象牙。」他看著那傢伙，看得對方側過了臉。

一家三口還是去逛了百貨公司。孩子已從肩上換到懷裡，可是眼角掃到妻子沈下來了的臉，他又趕忙把孩子架高，騎坐在自己肩膀上。剛剛與老同學的偶遇，於他簡直像是不小心踩上一團狗屎一樣，在心上造成的懊悔還烙在某個暗角，久久不去。

坐公共汽車回家時，他把孩子遞給坐在一旁的妻子，精神索然的把自己埋在座位裡，人萎縮了一截，方才心理上的碰撞仍然沒有平息下來。

小孩見他悶悶不樂，從媽媽懷裡探過來，拿手中那個絨布玩具熊要跟他親親，逗他開心，他把頭偏了又偏，懶得理睬孩子，做母親的見了便忙著制止孩子，把他緊緊圈在自己兩臂之中，說：「爸爸不高興，你不要再去煩爸爸了。」

「爸爸為什麼不高興？」

「爸爸剛剛不小心踩到狗狗的大便。」

他詫異的抬頭望了他妻子一眼。眼前這個女人簡直能跟他心靈交感哩，有多少男人擁有這樣慧心的妻子呢？她非但能讀心，她也永遠站在自己這一邊。他一顆心被燙得暖暖的，臉上堅硬冷峻的線條鬆下來了。

「真的嗎？」小孩瞪大眼睛看著他，又向他攫過來。

「真的，」他伸出雙手把孩子攫入自己懷裡，尖起嘴在孩子臉上啄了又啄，說：「但是沒關係，爸爸回家之前，把鞋底揩乾淨就好了。」

# 再回首

1

晚餐聚會她來遲了，跟女主人握握手後，帶著歉色匆匆入座。她削著時新的短髮，穿著一套黑色連身洋裝，看得出來出門前曾精心打扮過。四十六歲的女人了，仍然是你記憶中那個色氣靈動的小美人。才在留給她的位子坐定，一抬頭便看到坐斜對面的你，慌忙避開了眼光，僅矮一矮腦袋，算是招呼，然後朝一桌子人望望，半發問半跟自己說：「讓你們等很久了吧？」

前年你的妻子死於風濕性心臟病後，周遭不少親戚朋友都在暗中幫你物色續弦的對象，帶著相親性質的飯局已吃過十幾二十回了，可卻沒有哪一回像今晚這樣叫你心潮起伏，甚至想臨陣脫逃。她是你公司財務總管林惠媛上日文補習班認識的朋友，聽說不久前離了婚，帶著個已上高中的女兒過日子，還算是個颯利之身，林惠媛籌謀著把她當成你續弦的人選，也在情理之中，後來又發現你們是同鄉，就更加起勁了。

直到把飯局時間敲定後，打電話跟你細談她的背景，你才吃驚的發現她的身分。你脫口告訴林惠媛她父親與你父親曾在同一所小學任教，兩家人還曾結鄰而居時，電話那頭就一口咬定這段善緣是非續不可了。你想得比林惠媛複雜也深入得多，知道這本不是一段善緣，至少三十年前起頭的那一段十分不善，最好就此不了了之，可卻拗不過內心固執的牽引，想再看看那個左右了你一生命運的女人，前思後想了幾天之後還是赴了這個約會。

*2*

新來的校長頂部已禿成地中海了，他把腦側的頭髮撩上來在頭頂攤成扇面形的薄薄一層，粉紅色的頭皮光可鑑人，更襯得覆在上面的髮絲條分縷析，一絲不苟。他對同住一溜宿舍的其他老師與他們的家眷，也端足校長的架子，迎面碰上了總是冷肅著臉等人先招呼他。

但是校長那個唸高一的女兒是個可人兒，新鄰居們馬上就發現美是她的長處。她每天早晚兩回揹著一口大書包打你家門口走過，到客運站去搭車，你就量好時間晚她一步出門。看得出來她白衣黑裙高中女生制服下裹著的是個女人的肉體，多細的腰啊，還有那臀部的弧度！她走路的姿態很美，只見裙褶的擺動，你遠遠在她身後走著，目不轉睛的看著她。突然她放緩腳步，轉過頭來，把你整個人納入眼中，彷彿在質問你為何老是跟在她後面。她安靜的看著你，你居然被她看慌了。可她什麼也沒有說，又挪動腳步往前走，步姿輕柔得像春風拂過鬱金香花的花瓣。你卻全身癱軟，無力往前舉步，順手折下一旁柳樹的一截枝條，猛力一頓，把心中許多懊惱都藉這個動作洩掉。

## 3

那女孩讓你陷入滿腦子悸悸怔怔的斷想，她對你的吸引力並不是單純的性吸引力，而是一種包含性卻大於性的奇妙誘引，可它從來沒有機會發展到超越性吸引力的層面之上，因為你們之間沒有心靈的交流，再說三十年前的南臺灣，愛情羞人答答忸忸怩怩誰也看不清楚它的真面目。你希望她注意你、呼應你、了解你，可她總是遠遠的冷冷的，偶爾路上迎面撞見了，她輕淡的看你一眼，也是那種沒有把你放在眼裡的打量。你想接近她，卻覓不著路徑，暗地裡感到非常絕望，你無心吃飯、無心睡覺，更無心讀書，一聽到門外有腳步聲走過，就會莫名其妙的心跳，你認得出她的腳步聲，躺在床上還仄著耳朵辨聽。你對她的愛出路在哪裡？你一遍遍問自己，如果這愛永遠不會有出路，不如一開始就掉轉方向，往省力的路子走，於是睡不著覺時你就幻想她不穿衣服的樣子，想得口乾舌燥，心跳耳鳴，只好趕快掀掉棉被，坐在黑暗中一屋子的冷空氣裡。

她家與你家只有一牆之隔，可她與你卻咫尺有若天涯。她爸爸是學校裡的校長，你爸爸只是個美術教員。她上的是整個南部地區的明星女中，你讀的卻是鎮上那所二流中學。你正正經經陷入絕望，感覺要她也注意你喜歡你，是個或然率很低很低的意外。

*4*

惠媛的頂樓新居情調很好，調光壁燈光線柔和溫暖，一整面玻璃牆把流麗輝煌的都市夜景盡攬眼底，附近沒有更高的建築，視線一無阻礙，看得見樓群的稜線及一角夜空，還有街心緩緩前行的車輛。

多虧惠媛慧心，另外拉來了蘇照雄夫妻兩個，免得男女主角禿禿相對，萬一話不投機，彼此都感到尷尬。蘇照雄是惠媛先生程志明的老同學，是個大學教授，這人對這類人際酬酢的種種細節似乎很不在行，入座後一直都帶著一種生客的疏離與拘謹，蘇太太的脾氣倒是熱鬧近人，一坐下來整個餐桌都是她的市面，原來兩年前她跟朋友去拉保險，才發現自己是當推銷員的幹才，很是後悔曾經老老實實當了半輩子的家庭主婦。又提到她先生十幾年前扔了份講師的工作，以三十三歲的高齡到美國去留學，繞著地球跑了一圈後回到原點，總算塵埃落定，在大學裡教書，雖說待遇微薄，可說好說歹，是個正牌教授了。

一桌人並沒有多少共同話題，要不是惠媛把你們湊在一起，這一夥人原本像天上的雲各有各的路，是怎麼也不可能攏聚在一起的。還是蘇太太開的話頭，問起惠媛買下這十六樓頂層公寓房子的種種，總算把在座所有人都納入談話範圍。你這個甲級營造廠的老闆，更是飯桌上眾人諮詢的中心人物，惠媛於是忙著跟大家介紹你那家營造廠已有造鎮的能耐。你不想在這些不相干的人面前露了自己的底蘊，更不希望她以為你刻意透過惠媛這個第三者向她誇示你的家底，你知道這些最能迷住一個孑然一身的中年女人的心，這也就是那些財務總管賬本上動輒八、九位數的賬目的全部意義所在。但是你什麼都可以買，就是不願意買女人的心。

說到買房子的事，蘇照雄一肚子苦水。準備在臺中長住後，他就去訂了一戶預售屋。那戶房子總價五百七十萬，跟銀行貸款交涉了四、五回，幸虧他有一份待遇穩定的教書工作，總算才貸到手，為這件事他一直很不平，現在一桌子人都得聽他說如何用一戶電梯大廈換回一張文學博士文憑的辛酸史。原來他出國前賣掉那戶他父親用一生血汗積攢下來的電梯大廈，當時的賣價是一百八十五萬，因為他得到的那個獎學金只有兩年，怕博士學位攻到一半獎學金到期，行前先變賣了房子。在美國一待就是八年時間，回來後那房子已漲到一千萬，翻了五、六倍，他捧了個最高學位，卻成了無殼蝸牛，想讓一家四口住得體面一點，房租就得用掉他那個文學院副教授一半的薪水，幸虧他妻子也有份工作，他這個留美學人才不至於淪為新貧階級。

「如果我當初知道臺灣的房價會這樣瘋漲，也不會賣房子去留學，不值得嘛，我這洋博士拿的薪水也不比土博士高。」蘇照雄啜了一口酒，眼光調向窗外的街景，「問題在於，人時時刻刻都在被迫做抉擇，人往往不知道自己的抉擇是不是正確，是不是有意義，就得做出抉擇，然後又被迫不斷為自己抉擇的後果負責。」

「所以我沒有出國倒是對的。」程志明一直為自己沒有出國深造而遺憾，說起他大學畢業那年沒報考研究所，心想趕快服完兵役好出國去，沒想到剛剛脫下草綠色軍服，迎面就是個青天霹靂，他父親的公司因為朋友的拖累而倒閉，還犯了票據法，家庭經濟陷於困境，等著他這個長子去收拾殘局，那時他已經拿到美國科羅拉多州立大學的入學許可與獎學金了。「二十年都過去了，我仍然保留那封美國寄來的入學通知書。我不是選擇命運，我是被命運選擇。」

程志明後頭這兩句話彷彿是替你說的，是的，你不曾選擇命運，是命運選擇了你。你悠悠想起，蘇照雄與程志明考上大學那年，你跟老關上梨山做農場整山坡地種蘋果，可不久上頭就不讓挖山了，說是破壞自然生態，造成水土流失，老關只好帶著你到他一個舊識的魚塘打下手，十一、二月的大冷天，把腳跟插入凍水裡去，一泡就是大半天。這兩個人大學畢業那年，你與老關合股買了一輛中古卡車給人運河沙，幹了幾個月後，上頭劃了個河段給你和老關，要你們繳稅，還附帶幾十條規定，那時你買了一本關於存在主義的書，擱在卡車駕駛座的暗屜裡，硬是沒時間看，後來被一個打暑期工的大學生借走了。

## 5

你揹著書包在路上慢慢走，心中充滿著噩運即將臨頭的不祥感覺，又是霧罩的清晨，又是另一個不確定得叫人發怵的白晝，你只想著一件事，她就要把一切都抖出來了。在一棵老樹樹幹靠著，在一截矮牆頭坐下，在一堵花籬前停住腳步，又是蟬鳴浩大的午後，又是倦鳥歸巢、夕暉斑斕的黃昏時刻，你只想著一件事，她就要把一切都抖出來了。闔上書本，熄掉檯燈，把自己扔到床上，似睡非睡捱到晨曦滲透進木格子窗裡，你仍然只想著那件事，她就要把一切都抖出來了。

你心中是沒頭沒尾的恐懼與沈悒，步履茫然又急迫，心想要她忘掉這件事是不可能的，要她不生氣也得有一段很長的過程，這過程要多久呢？這過程的盡頭又會是什麼呢？

命運中有一種錯誤是不可逆的，只能犯一次的，因為它沒有改正的機會。連偷東西都可以改正，把它放回去，發誓以後不再偷，差不多就可以重新做人了。但是那樣侵犯她並且被她逮個正著，就不能改正，因為她看穿了你的為人並且將懷著這個認識活一輩子，更壞的是她可以揭穿你。

你正正經經的陷入絕望，就算她以後慢慢不恨你了，但是只要她看到你，眼中就會流露出鄙夷與歧視，光想到這點就夠叫你揪心了，你永遠不可能叫她平等待你，因為你在她心中是個重病號。

驕陽落去，皎月初升，晚風習習吹開熏蒸的溽熱，你坐在書桌前，一遍遍問自己，你為什麼幹出那種淫穢的流氓行為？但是你給不出一個解釋，做那件事與解釋為何要做那件事，都會撞上你智力的盲點，你只知道你在一時衝動之下做了，甚至來不及思考一下那件事的對或錯。

她十六歲，金色的陽光照在臉上，與她擦身而過時，眼角的一瞥甚至看得到她紅潤的皮膚上茸茸的寒毛。這個天使般的人兒，如今已成了魔鬼，隨時可以要你下地獄。你挪步到鐵架床躺下，睜著眼睛看窗子上方的一角夜空，直到霧玻璃透進了微微的晨曦。

*6*

晚餐餐桌上你母親告訴你父親，說你大妹祥雲親眼看見她路過你家時，把走出你家門口的一隻小雞踢得個仰八腳，見祥雲瞠目結舌嚇呆了，一不做二不休，又把那隻剛剛翻身爬起來站穩步子的小雞再一腳踢到一旁的排水溝裡，然後對祥雲翻翻白眼珠子，走了。你媽媽到她家去要討個說法，她坐在飯廳的長凳裡，硬是不說一句話，光是瞪著眼睛看窗玻璃上的樹影子，她媽媽也拿她沒辦法，只好一再婉言跟你媽媽道歉，說那個女孩讀書讀癲了。

隔幾天的一個星期日下午，她坐在離教職員宿舍不遠的鞦韆架上背英文單字，你最小的妹妹和雲一個皮球踢到她腳下，她不分青紅皂白伸手就抽了和雲一個耳光，打得和雲一把眼淚一把鼻涕大聲喊媽媽。

來了，終於來了，她開始一步步報復你了。

你的恐慌一日甚於一日，隨時可能完蛋的感覺深深扎在你心裡，它比完蛋本身可怕多了。你想到死，你想報復她的報復，最好的辦法就是把自己殺死，你想你不去死，往後的日子也不會過得舒心坦然，你想與其這樣倒不如死了痛快。你只有一死，才能阻止她對你的揭發，因為你已以生命做了償付，足以抵銷她所有的損失了。

如果你不死，一旦她揭發了你的罪行，必然要連累了全家人，讓他們活在永遠的恥辱之中，而首先，你父親那份養家活口的教職就得丟了。啊，你心中的痛苦大得不可消滅不可動搖，那個痛苦且將一生一世與你同在，你沒有退處，更不知道自己的救贖之路何在。

那時你對這個世界愛極了，也怕透了，別的辦法都沒有了，便想灑一天一地自己的血，讓所有原諒與不原諒你的人都看到。於是在一個沒有月亮的晚上，你披衣而起，走了兩公里多的路要去縱貫全島的鐵路臥軌，那當兒，白日裡的一切都已褪盡它們斑斕的色彩，生命的這一份慘澹直截浮上心頭，你想到你的慘死將會怎樣傷害父母和底下四個可愛的妹妹，而且人們可能更要問原因了，他們一旦問出了原因，對你父母和妹妹的打擊就是致命的了。

你頂著星星出門，卻蹚著霧水回來，步子更飄了。

7

在那些痛苦惶恐的白天之後的黑夜，在那些枕上仄著耳朵數自己心跳聲的黑夜之後的白天，你思來想去，最後只能告訴自己，走吧，走吧，走到天涯海角，走到一個沒有人認識自己的地方躲起來，要死要活都由不得自己了。

8

惠媛上了酒燒蛄子時，蘇照雄已由不滿房價狂飆，轉而恨起政府無能國民公德低落了，「你們不要看現在滿街大哥大精品屋，人人出國觀光旅遊，其實大部分人仍然很封閉很落伍，坐車上郵局都不懂得排隊，亂倒垃圾，隨地吐痰，公共場所大聲喧嘩，電視機開給上下三四層樓的鄰居聽，」他越講越來火，聲音拔高了，壓下來，又拔高了，「臺灣生活品質這麼低，物價卻這麼高，空氣污染，國民公德心低落，政府與黑道掛鉤，無能又腐敗，飛機飛一飛就從半空栽下來，沒錢讓人看不起，有錢卻會被綁架被撕票，這樣的地方房價卻比天高，我看美國華盛頓行政特區的地皮都沒有臺中貴。」

程志明附和他，也罵起兩大黨來。三個女人卻越過夾在中間的男人，討論著各色食物的營養價值與卡路里含量，一向愛讀報屁股的惠媛於是就說起蚶肉含有肝醣，而醫學界公認肝醣是人體最重要的生化物質之一，偶爾吃一次還是好的云云。

不知為什麼你忽然想起你母親還在時的那個家，扶桑花與九重葛掩映的矮牆頭裡，夾竹桃的花心帶著苦澀的香味，扶疏的樹影中露出一角染著苔綠的黑瓦，黃昏一到總有一溜炊煙從那兒騰入暮色。

## *9*

你出走的第二天，一早你父親去學校查問，發現你並沒去註冊，卻揣著那筆註冊費消失掉了。你母親直覺感到不幸，心上的焦灼不安每一分鐘都更強烈一點，當天下午便扔了一屋子孩子與學校裡那份保健員的工作，鑽天覓縫的尋找你去了。她臉色陰沈憂悒，嘴巴抿成一條直線，下定決心不被自己心中的絕望擊垮。

你母親相信像你那麼一個清俊健朗的男孩走向人群時，人人都會忍不住多看你幾眼，於是她就到附近幾個火車站與客運站問賣涼水與賣書報的可曾看到你，可偏偏人人都沒注意到她口中那個品貌端正的標準青年。

她匆匆奔走在城市車陣揚起的沙塵中，臉上爬滿憂悒與絕望的紋路，每經過一個派出所，就走進去報人口失蹤，從外套口袋掏出一小疊照片，那是她搜遍整個屋子找到的你從小到大各個階段的生活照與團體照，她一張一張指給值班的警員看，這個相貌端正的男孩子，這個尊敬父母愛護妹妹的男孩子，萬萬沒有理由這樣不辭而別，他一定是被壞人或人口販子拐走了。

值班警員捺著性子聽她說，年長一些的可能也有這麼個嘮嘮叨叨命運多舛的妻子，年輕些的也許要想起他含辛茹苦的母親，再說她眼中的悲痛與驚惶確實叫他們受到震動，他們答應會密切留意這麼一個人，於是你母親便在他們那兒留下一張你的照片。

兩個星期以後她又擴大了搜尋範圍，她到鄰縣的客運站與火車站去，去問賣涼水與賣書報的人，可曾看到一個品貌端正的青年在那一帶徘徊。

有了，豐原車站附近一家冰菓室的老闆娘，記得一個穿高中生卡其制服的青年在她那兒的火車廂座坐了一兩個小時，歪著頭皺著眉逐一查看當天日報的分類廣告欄，還拿筆在手心裡記下幾個電話號碼。她之所以特別注意到他，是因為他穿制服揹書包，在該坐課堂冷板凳聽課的時候，卻神色倉皇的讀報紙找頭路，她相信那其中必定有著非比尋常的情節。

你母親聽著聽著就掉下眼淚。她知道冰菓室老闆娘看到的那個男孩子就是你，她感覺你曾經出現在那裡，然後搭上一班長途車，到一個更遠的地方，一個你的父母從不曾涉足的地方去，去把自己埋藏起來。

但是為什麼，為什麼？走出冰菓室時，她抖著嘴唇問，為什麼？你是她身上分出來的一塊肉啊，你心裡存著些什麼事，她卻連猜想的由頭也沒有……她把原來該給一家人買魚買肉的錢都挪來買車票，一個多月下來，家中四個排著站開來階梯也似的女兒，面上全都有了菜色，而且她那份保健室裡的工作，遲早也會丟掉，新校長有個小姨子考大學剛剛落榜了，小學校保健員的差事正好可以安頓一個高不成低不就的大小姐……她抹了眼淚，咬緊牙根，趕上一班正由豐原開出去的客運。

在車子裡，她心焦火燎，兩隻拳頭在膝上攥得緊緊的，一邊暗暗在心中替車子加勁，催它快些抵達目的地，一邊卻清楚的預感到迎接她的會是另一場失望。

那個晚上她住在新竹公路局車站附近的一家小旅舍，枕上回想起白天在火車站牆上玻璃窗看到的幾幅新聞圖片，有人在強行橫越鐵路平交道時被火車輾死的血淋淋的連續畫面，清清楚楚聽見自己的心臟在耳朵裡撲通撲通跳著。她想起圖片中那具無名屍是個穿灰色或藍色長褲的青年男子，但那照片是黑白的，也許那條長褲也可能是卡其色的……她在氈子下痛苦的呻吟了一陣，突然撚亮電燈霍地翻身站在房間地板中央，一眼看見靠牆角那張桌子上一個溫水瓶和兩只污濁的玻璃杯，發現自己需要喝水，可把那杯注得八分滿的溫水湊近嘴巴時，杯口卻在她牙齒上磕碰個不停，半杯水灑在上衣前襟，怎麼也喝不進嘴裡。

隔日她又喪魂失魄的在新竹轉了一整天，曾經注意到有青菓行的小卡車到火車站接了一批不知打哪裡運出來的水果，念頭曾在那上頭悠轉了片刻，心想也許你到哪支山上去當採摘水果的季節工去了。

她吃得極少，每一口飯菜都是用筷子夾上一小撮，小心翼翼，四不著邊的送入嘴巴的正中，以保護畫得越過唇稜的口紅。見你正望著她，她俏皮的對你歪歪頭，抿嘴一笑，隱隱露出兩個酒窩來。

你有些兒控制不了自己的幽默感，心想，把這個女人娶回家，就可以把你這輩子最大的一個祕密也娶進家門日夜牢牢看管住了。據你推測，她在你出走後，對那件事始終沒露一點口風，這點從後來你家人對你的態度就看得出來。而在那之後的漫長年月裡，也許與那件事相關的記憶也被時間濾洗得一乾二淨了。你幾度想從她的眼神或表情裡找出共同祕密的留影，可每回與她四目交投，她的眼光便急急閃躲開去，四十六歲的女人了，也還會垂目、低頭、紅臉，時時刻刻帶著少女般的嬌羞，莫非對你這個人當真動了心？但這點也拿不準，或許假如自己背後沒有那麼一家有造鎮能力的甲級營造廠，一顆四十六歲的女人的心，也許就會少些躁動吧？

惠媛不知在她耳畔說了些什麼，她不動聲色的臉上竟又微微泛紅，你記得的十六歲時的她可不是這個樣子，那個讀明星女中的小學校長的獨生女兒，可從來不曾把你當成一個具有挑誘潛能的異性認真瞧上一眼哩。

*11*

運河沙的卡車出了故障，老關走路下山去搬救兵，把你一個人留在空蕩蕩的河谷地，隨著時間分分秒秒的流逝，太陽越變越大，也越變越紅，再一抬眼，已是殘陽似血，黃土如金的黃昏美景了，在滿眼瀰漫的沈靜光芒中，一個人更容易領受到時間流逝的脅迫感，也更容易看到自己在茫茫人海中的孤單身影。你斜躺在駕駛座中，手中拿著一本書，可一行字也看不下去，這時自殺的念頭又浮上你腦中，那念頭打你離家出走後便一直糾纏著你，只要一有閒工夫，你便會躲開擾擾攘攘的人群，去到樹蔭下或頹牆旁或荒草邊，去發呆，去窺看自己憂鬱沈重的心魂。

出走後的頭一年時間，你每天起床之前，總得先叮嚀自己一句，先別去死，再活活看會不會有轉機，什麼轉機呢？回到自己的家，回到父親母親身邊，清清白白做個兒子與哥哥，再揹起書包回到學校去上課。

可這個微薄的願望眼看著是怎麼也實現不了的了，你也不像同齡的男孩子那樣憧憬著愛情，你被自己剝奪了這權利，因為你認為自己不配。一個二十一歲的血性青年，如果沒有一個夢魂牽繞的目標，又如何能激越不已滿懷豪情的去追求尋覓呢？而愛情也是實現理想自我的一面，更是一切美好理想的動因，可這些你全都沒有。你刻下的生活只是勞動、進食、休息等一連串生物過程的完成，卻被禁絕了任何進一步的精神求索，於是便成了一頭時時躓於死亡門楣的困獸。

你決定要尋求最後的解脫，但是解脫自己之前，你想不管如何要回家一趟，回去看看四個可愛的妹妹，和無時無刻不斷在心中呼喚的媽媽和爸爸。

你出走的第五個年頭，你母親死了，死於肝癌，據說那是心力勞瘁者的代表症。在她死後一年多後，你才知道那個噩耗。你終於回到家裡，站在空曠的客廳裡，一抬頭，便撞見牆上掛著的你母親放大的黑白照片，鎳片製的框架，冷冷的放著光。你心中的愧，對你父母的愧，便於那時萌生，沈重到得匀整個一生去揹負。

你最後一次看到你母親，也就是運河沙的卡車故障，你摸黑走下山那個冬夜的隔日黃昏時刻。她正在院子裡餵雞，手中拿著一個塑料桶子，她瘦了許多，背脊彎了下去，口中喚著那群在院中游步的雞，心思卻全不在上面。你彷彿看到她迷茫的眼神和深重的抬頭紋，你出走之前她就有老花眼，那回視力一定更不好了，她一定看不到遠遠站在操場籃球架下的你，要看到了肯定也認不出你來了，你髮絲蓬亂，雙頰凹陷，終年幹粗活吃粗糧，長出了一身嶙峋的硬骨頭，再加上身上那件破夾克和沾著泥沙的泛白的牛仔褲……可是突然她端著眼鏡往你站立的方向望過來，像在尋找海面上的一條船。在懷疑她已看到你時，你便不再去看她，做出一副若無其事的樣子，挪動步子往前走。

聽說那肝癌直徑足足有十三公分長，送到醫院開刀後又原封不動縫起來，籃球架下站著那一回，如果你知道她那時身上已帶著癌毒，將不久於人世，一定會跪著向她爬過去，用眼淚濡濕她的腳背，求她原諒你，求她讓你回去守著她過日子。

你走離自己的家，腳下的路長而且荒涼，是太陽已西下，但路燈還未燃亮，迎面而來的行人眉目不清的時刻，路長而且荒涼，你的心墜得你累，你感覺自己可能隨時放聲大哭，但你沒有哭，因為再過不久就要自裁的你，連眼淚也會成為身外之物了。

母親發病之前，還帶三妹平雲去電臺參加歌唱比賽，趁節目主持人在平雲開口唱歌之前與她閒扯兩句時，讓她講出「我哥哥離家出走快五年了，我媽媽天天想念他想念得掉眼淚，把眼睛都要哭瞎了，希望我哥哥聽到這個廣播趕快回家，免得爸爸媽媽傷心痛苦。」

讓三妹上電臺喊話，是無計之計，她更常做的是在風聞哪間寺廟靈驗時，不辭勞苦去朝佛，曉行夜宿的，把家中的一點餘錢都花個乾淨。她最後一回出門找你，車子一坐就坐到了臺北，一下了火車站，面對萬頭攢動的大都會人潮，一抹異常的驚慌襲上心頭，發現人只是一滴水，一滴入眼前這個人的海就被吞沒了，眼前的擁擠、噪音與青灰色的空氣，滔滔撞入她的感官裡，可她大腦皮質裡感應外界刺激的區域已自行封閉，入目之色與入耳之聲已全失去了意義。她緩緩倒退，退回火車站候車大廳，抱著個小包袱坐在長板凳裡發了半個多小時的呆，便去買了張車票，搭火車回她出發的那一站。

母親為什麼等不及你回來就死了呢？這個問題你想了二十幾年，也從沒想出個所以然來，只能告訴自己，她心裡太苦了，受不住了，只好躲入死亡裡。

13

老關軟硬兼施勸罵並舉，就是要你活下去，因為他進門後，發現掛在屋中樑上那團電線，和一臉煞白的你，做出了準確的推斷。你卻背著他，望著窗外波光粼粼的河面。不一會兒，就下起雨來了，一河的金色流光被打碎了，碎了的金色水面顫顫的，更碎了。

你是在臺北橋下的人力市場碰到老關的，那是出走後第二個年頭的事。老關把你帶上梨山，帶著你去開山坡地種蘋果樹，去山坡下的魚塘養豬養魚，又帶著你去承租河段挖河沙，這個籍貫河南的老芋仔差不多成了你的爸爸了，你決定尋死時，也要趕回他這棟山腳下的小紅磚房子裡，好讓他為你收屍。

老關本想痛痛快快罵你，激起你做個男子漢的血氣，可看你那一心求死的樣子，他罵不出來了，只死死拉住你的手膀子，掇過一張椅子塞到你的屁股下面，說：「你到現在還沒告訴我你為什麼離家出走呢，你這樣尋死覓活的，一定跟你離家出走同一個原因。」

「你知道我想死當然是有理由的，」你跟老關講話總是沒頭沒尾，卻不擔心他不懂，「我誰也不說。」

「但得跟我說。」

「我偷看隔壁人家的女孩子洗澡，被她看到了，用水潑我。」面對老關，沒想到你那件虧心丟臉的事竟那麼容易出口。

「看了就看了，有什麼了不起，」老關詫笑一聲，也掇把椅子坐下來點香菸，手護著一爿臉來抽，不讓你看到他的表情，因為他居然在笑：「好奇嘛，以前沒看過嘛，當然想看看囉，她既然不喜歡被人看，以後你不再看就是了。」

你沒想到老關這個一向正兒八經的人，居然用那種痞子腔談那件差不多把你逼上絕路的事，覺得他太欺負人了，二話不說，推開椅子跳離他身邊。他也不再廢話，開始倒出麵粉在桌面和麵，呼哧呼哧的挺專心，和到一半停下手上的動作，對著你說：「那件事後你如果找個四下無人的時刻逮住她親親她的嘴兒，就沒事了，你把她變成你的女朋友，你當然就可以看她洗澡。」

老關在胡說，他那個老芋仔怎麼懂得本省人的事？他說得像對這種事挺在行的樣子，卻也就是個形單影隻的老光棍罷了，連短褲和臭襪子都得自己洗。你還真恨他用那種痞子口氣把你這件壓在心上整整五年的事兒說成兒戲。你拿拳頭大力捶打木格子窗框，捶著捶著就放聲大哭起來。

大慟一場後，心頭出空了，竟鬆坦了不少，原來悲傷悔恨的毒素會隨眼淚排泄掉，人這種靈長動物幸虧長著發達的淚腺，否則壽數可能要減半。

窗外斜著一條青蒼的山脊，山脊上是一片深藍的天，更遠處靜靜懸著一輪明月。雨停了。

你走到屋外。屋外是個小小的斜坡，老關上頭一階階鋪著石板，石板路下隔著大片蘆葦，就是河了，那河嘩嘩啦啦日夜不歇，一陣山雨之後，又更加喧嘩了。不知為什麼你竟然開口唱歌，那聲音在靜夜中分外突兀，把自己都駭了一跳，「家門前有棵菩提樹，站在古井邊，我曾在樹蔭底下，作過甜夢無數，我曾在樹皮上面，刻過祕句無數，煩惱和苦痛時候，常常走近這樹，常常走近這樹。」

你以前從來不唱歌，唱歌的人是老關，河谷地裡挖沙，隨口就把盤桓在腦中的一截歌給唱出來，數不完的日子數不完的心事，都要訴說要舒解，鮮活的生命不能不跟這個世界做個「我在」的宣告，「牆頭跑馬還嫌低，獨個兒睡覺盡想你，逮住妹妹親個嘴，肚子裡的疙瘩化成水。」說到底，愛是人根本的依靠，愛而不能這才更需要訴說與舒解。

你走在迷霧般的月光裡，又唱，「微風涼月光淡星光燦爛，原野間既無人又黑暗，在那遙遠的旅途前面，山谷中有燈影在閃爍。遙望見燈影記起了往事，離父母別家園斷消息，到如今我雙親是否無恙，禱上蒼願他們永健康。」唱著唱著，你就流下了眼淚，你在自己的歌聲中聽見自己的心，聽見自己的命。

14

晚餐吃過了，咖啡也喝了一個多小時，蘇照雄領著他的妻子起身告辭時，你也跟著站起來。

惠媛把落單的她交給你，要你送。把她推進你的車子時，詭譎的眨眨眼，活像個拉皮條的，讓你感到很陌生，你不喜歡她這一面，在公司裡她可是個悍將，向來公私分明，六親不認的，怎麼當起媒婆來這般沒有風格。

她倒是正正經經的，太正經了，是個俯首貼耳準備讓人認養的小孤女。你更愛十六歲時的她，那時她害人失眠、長青春痘、牙疼、心律不整，自己卻永遠是個沒事人。

坐在你那輛八成新的賓士車裡，她微瞇著眼睛深深吸了一口氣，把金屬、皮革、芳香精混合起來的好車子的味道吸納進胏部裡，「這部車子真大，真美。」她流露了一點不肯輕易流露的自卑。

心形臉，吃過飯喝過咖啡唇上的口紅仍然沒褪，描成柳葉形的眉毛存心和微微飛向兩鬢的眼梢押上韻，一抹胭脂淡化了顴骨的形狀，昏黃的車燈上看著，這臉是張精巧的面具，不適合露出笑容的。然而她還是對你嫵媚一笑。

一路上她等著你找話跟她談，但你與她之間唯一的共同話題大概就是你十七歲那年從她家浴室的通氣孔窺看她洗澡，她發現了拿熱水潑你那件事了，可你再也不想提那些陳穀子爛芝麻，佯裝專心於路況始終沒有開口，兩人之間落下一塊越來越大的沈默，眼看著怎麼也踰越不了了，她終於帶著失望幽幽吐出一口長氣。

到了她家樓下時，她彷彿從自己的思索中驚醒過來，用發乾的喉音請你上樓坐坐，你帶著笑搖頭。你想早一點睡覺，明天好精神飽滿的醒來繼續做人，你也得花心思再找個妻子，你需要一個貼心的人兒噓寒問暖，你已經四十七歲了，再沒多少光陰可以虛擲，你過世的妻子身體不好，沒給你留下一男半女，要不，等別人五、六十歲含飴弄孫時，你卻連個兒子都還沒生下來哩。你頂沒用，人生的闖將不適合你的口味，你就想老老實實當個居家男人。

# 金疾雨

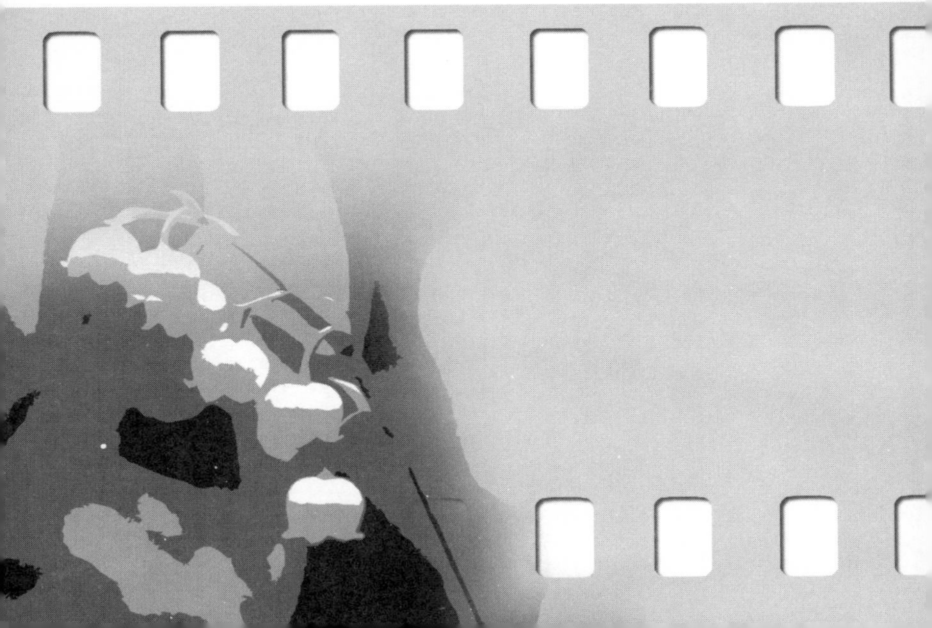

# 1

她被送進醫院，整件事情的經過有些荒謬、不真實，像電影的片斷情節，充滿聲音、動作與不同的場景，她自己既是演員也是觀眾，不斷游離在真與假兩種不同的情境中。躺在診療枱被推去抽血的時候，她望著頭頂上不斷倒退的一格格的天花板，突然忍不住要笑出來，只好把臉埋向肩窩，卻看見媽媽那雙描著眼線，塗著淡綠色眼影的眼睛空洞地望向醫院長長的走廊，她發現媽媽開始老了，也不再那麼漂亮了，眼尾連不笑的時候也看得到細細的紋路。她同時感到媽媽對自己這場病已有些心不在焉，待會兒如果檢查出來自己原來什麼病也沒有，以後媽媽可能就再也不管她了。

在被送上醫院之前，她跟媽媽吵了一架，很大的一架，她隨手往牆上丟了隻鬧鐘，激攪得媽媽一巴掌烙在她臉上，打得她眼冒金星，半邊臉都歪了。媽媽竟為了那個男人抽了她好幾個耳光！而且出手打她之後氣還沒消，整個人埋入沙發椅中大口喘氣，待呼吸順過來時，便抓過行動電話往外撥。她知道那通電話要撥給誰，她也知道只要媽媽電話撥通了，再晚也會把她一個人扔在屋子裡，自個兒甩上鐵門跑出去的。她偏不讓媽媽遂心，於是這個時候她的心臟病便發作了，她左手抖索索抓到右手，找到了脈搏，怦怦、怦、怦、怦怦怦怦、怦、怦。她心跳亂得很厲害，她可以想像自己這時候的心電圖一定是烏七八糟起起落落的曲線。再嚴重下去也許她會暈倒，像一年前那一回一樣，整張臉發黑，眼前突然亮黃一片。也許她會死掉。

不行，也許她會真的死掉。她媽媽電話終於打通了，面對話筒仍然一臉怒容，把剛剛那一巴掌沒發泄完的脾氣全發泄在接電話的人頭上：「她瘋了，你沒聽她剛剛對我說些什麼。是是是，是我沒用，念在她是個沒有爸爸的孩子，一直慣著她，慣得無法無天，現在——」

她拖著步子跌入她媽媽跟前的冷地上，雙手緊緊壓在胸口，這時只聽見媽媽匆匆對話筒說：「你等一下，」她雙手摀著胸口，話音很微弱：「媽，不行，我胸口疼得厲害。」

媽媽這才歛掉臉上的怒容，表情先空了一下，一步向前，半跪在她身畔，抓著她的手問：「妳怎麼啦？心臟病又發作了？」她閉上眼睛，對媽媽輕淡地點點頭。

媽媽放開她的手，又拾起行動電話，匆匆對電話另一頭那個人說：「我要掛電話了，小梅她心臟病發作了，我要開車送她上醫院去。」

坐在媽媽的車子裡，夜風從車窗灌進來，把她的頭腦吹清醒了些，她感覺自己的心跳已緩了下來，頭皮和指頭也不再那麼麻了，早先在家裡心中微微的勝利感被一種淡淡的憂悒所取代。車窗外是一個紛雜熱鬧的夜的世界，商店各色柔美的燈光映著騎樓穿梭的人群，遠遠望過去，像一口口點著彩色燈光的水族箱，那些時髦的都會夜遊人，像五彩的熱帶魚一樣，用夢遊般的步容相邂逅、相錯身。她眼中一顆新淚被風吹落臉頰，冰冰地貼著鼻尖。她眼前那一城繁華與歡樂離她很遠很遠，她過客般打一旁經過，與它兩不相涉。

她的心臟並沒有在最重要的關頭背棄她。急診處的醫生為媽媽解讀她的心電圖，指出她心室早期成對收縮高達五成，吩咐媽媽立刻為她辦理住院手續。她手腕插著點滴的針管，胸口貼滿心電機的線路，被推到一間空的二等病房，她才真確地感到自己病了，病得連握緊拳頭的力氣也沒有。

但是她病得清清爽爽的，即使臉上的血色掉了，那種白，也仍然是略帶透明的清淡的白。急診室裡那個年輕的實習醫生曾探手摸了她的臉頰一下，說：「妳有沒有貧血？」她對他點點頭，他用一種溫柔而憂悒的眼神再看她一眼，說：「臉色很蒼白，一定是為了苗條不肯吃東西。」

2

她隔壁的床位一直空著，夜晚她一個人有些害怕，白天倒樂得獨享一室清靜。媽媽知道她的病並不是那麼嚴重，每天幫她用會員卡到漫畫出租店換新的漫畫書，帶到醫院來給她後，又回頭忙她皮件行的店務去了。她工作的那家漢堡炸雞店讓她請了病假，那是個員工福利制度很健全的公司，只要有醫生開具的證明，不管住院多久，薪資照常核發，出了院再回去，工作也丟不了，所以她病得很安心，媽媽大概也樂得擺脫她一段時日，過幾天耳根清靜的日子。

最近兩天媽媽到醫院來，打扮得又更周全了，畫眉毛描眼線塗口紅，頭髮看起來也像剛跑過美容院，走動時帶著一股香風，而且連續亮出了兩套新衣服來。也許睡得好些，她的魚尾紋不那麼明顯了。媽媽已經四十一歲了，仍然很漂亮，這些年不斷換男人的日子，使她對自己的外表比同齡的女人有著更高的警戒性，全心保值，不敢大意，最驕傲的是可以跟女兒混穿衣服，人前老提：「小梅的牛仔褲我都能穿，」也因此她添衣服時媽媽老是要陪著去，上衣裙子長褲外套一概都要幫著出主意，可是兩人的審美趣味差距很大，再怎麼折中妥協也很難在同一件衣服上統一口徑。其實媽媽也不短少那筆治裝費，圖的只是母女兩個共享同一口衣櫥那點口頭上的風光，久而久之，因果不分，成了一種心理慣性，總是斤斤計較要一件衣服得有兩人穿的經濟效益，來粉飾中年女人擺小女兒姿態的潛在傾向。

她把媽媽的心思摸得一清二楚，一唱起反調來總能一擊命中媽媽的要害。媽媽穿著她新買回來的麻紗襯衫準備出門時，她會淡淡加一句：「妳要穿那件襯衫出門，最好先把臉上的粧洗掉，人家才會誤以為妳是個大學女生。」媽媽心眼兒淺，生氣地剝下身上那件寬大的襯衫，氣結地剮她一眼，一疊聲說：「拿去拿去拿去，誰稀罕這種便宜貨。」她知道她傷了媽媽的心，可這卻阻止不了她下一次犯同樣的錯誤。

她看不過眼的是媽媽那顆不安分的心，媽媽的愛美，在她看來，就是為了招惹男人，從前那是職業需要，到後來就成了一種心理慣性。她爸爸死後，她跟著媽媽過的日子永遠豐衣足食，口袋裡從不缺零用錢，床頭堆滿進口的絨布玩具與芭比娃娃，書包裡是按鈕便自動開關的雙層鉛筆盒。伴隨這些而來的是在家中進進出出的叔叔伯伯們，他們經常慷慨地給她錢或禮物，然後摟著年輕的母親到那個有張雙人床的臥房去，把小女孩一個人扔在客廳裡。媽媽一直沒有花太多心思研究她的感受，否則也就不會讓一波波的浪笑聲溢出臥房，溢到她耳中去。

媽媽一直在零售她自己的青春與美色。那是她小學階段的往事，它鏤刻在她心中，經過一次次的追溫之後，影像更加鮮明，就像拿塊砂紙擦拭蒙了塵的銅器，久了銅綠掉了，上頭的字跡跟著變得清晰起來。

她上了國中以後，媽媽開了家咖啡店，仍然有些老臉孔尋上門來，死纏歪纏從一樓的店裡上了二樓母女住的小套房來，這時媽媽比較講究些技巧，女兒畢竟到了曉事的年紀了，支開她時會費勁編些理由，補繳電話費啦，買一兩件日用品啦，到店裡幫忙招呼客人啦。有時懶些，會給她一張大額鈔票讓她看電影或吃冰淇淋去。她總是寒著一張臉，接過錢掉頭就走。她只是半個大人半個孩子，媽媽一直無法決定那一種的成色比較重，她自己也不知道，雖然她總是把自己劃入早熟的那一型之中，因為她只要用點想像力，便能把大人關起房門來做的事看得一清二楚。

但是她到底沒有真正的反抗過她媽媽。小時候她怕的是獨裁的母權，因為媽媽是她經濟與情感生活的全部，再大一些時，她怕的是媽媽會對她採用極端的制裁手段，比如不讓她上學改讓她去當女工之類的處罰，再更大一些，怕的是徹底揭穿那一層偽飾後赤裸裸的猥褻的現實會令兩人太難堪。所幸在她上了高中後，媽媽收了咖啡館的生意，開了家皮件行，生意很上軌道，心也就慢慢定了下來，有了比較固定的社交範圍，似乎懂得了謹言慎行對一個女人的重要性，異性朋友幾經過濾，就剩一個張叔叔夾在母女之中讓她們鬧家庭矛盾。那個張叔叔小了媽媽五歲，家中擺著一個妻子兩個孩子，公然搭上她媽媽後，就到皮件行來當老闆，為了不願意與媽媽豢養的男人在同一個屋頂下謀事，她也不再上店裡去工作了，外頭另外找了家漢堡炸雞店打工，在她這是一種表態，要媽媽在女兒與外頭的男人中做個選擇。

她發病那個晚上，媽媽跟她說皮貨店的店員剛剛辭了工，要她再回去店裡幫手，願意讓她正式支薪，比她在漢堡炸雞店的薪水多三成，她聽了立即憤怒，脫口回她媽媽道：「妳把張永嘉當自己人，把我當外人，讓他當老闆管錢，卻讓我當店員侍候客人，這種事妳也做得出來？」

媽媽吐了一口煙，斜著眼冷冷地答：「他也領薪水。」

「領幾份？晚上加班那份領不領？」

「妳在說什麼？」媽媽把剛抽了幾口的煙截死在床頭的煙灰缸裡，在床上坐直身子，射向她的眼光飛鏢也似，「妳在說什麼？妳再說一遍。」

「我說他吃軟飯。」

媽媽從床上跳下來，赤著腳撲向她，指著她的臉叫，她退離媽媽的房間一步，又把一句錚錚鐵語擲給了媽媽：「誰都知道妳在倒貼他，他那輛車子也是妳買給他的，三月初他帶他老婆到日本玩，也是妳給的錢，妳以為我什麼都不知道嗎？我不是個三歲小孩。妳的錢要怎麼用，是妳的自由，反正我從來也沒想到要靠妳，但是我勸妳不要買男人，不值得嘛，再說用錢買得到的男人，肯定也不是什麼正經貨色，至少就比別人少了些骨氣。」

「妳給我閉嘴，妳小小年紀，卻這樣尖酸刻薄，妳！」媽媽撲向她，抓著她睡衣的領口，一連幾個巴掌甩在她臉上，她頭歪過來歪過去總沒閃躲過那疾風勁雨似的巴掌，到最後她乾脆不躲，僵立一旁任媽媽把所有的怒氣傾瀉在她身上。

媽媽邊打邊哼氣，哼到末了變成呻吟，歇手時已是一臉涕泗縱橫。她倒沒有哭，只是把自己緊緊鎖在一種具有脅迫性的沈默裡。

光是媽媽刷她耳光，是刷不出她的心臟病的。但是媽媽在事情一過，立即想到那個姓張的，一心要撥通電話跟他訴說委屈，讓她感到剛剛與媽媽那場架是白吵了，她只是把媽媽從自己身邊大力一推，推向那個軟骨頭的男人而已。於是她馬上給自己找到另一件武器，一頭鑽入自己的心臟病裡，跟著便栽到醫院的病床上。

但是與媽媽的戰爭還沒過去。媽媽在擺脫了她之後，突然就容光煥發起來，這使她非常失望，值班的護士頭一回見到她媽媽時，通報病床上的她：「妳姊姊來看妳了。」母女兩個都笑了，她親密地摟著媽媽，對護士小姐粲然一笑，像對著照相機一樣，開心地說：「我們長得很像是不是？」但是不太能確定，彼此又歪著頭對看一眼，看看到底像不像一對嬌豔的姊妹花，最後還是她揭了老底：「騙妳的啦，她是我媽。」她拍拍媽媽的臉頰，笑嘻嘻地補充：「妳看她一身名牌，少說也要幾萬塊，女兒病了，卻把她送到三等病房，這種媽媽唷。」

住院的第三天她認識了一位新朋友。

她坐在四樓病房的閱覽室裡讀院牧部印送的《箴言》，有個年輕的男病人走向她，左手高高舉著一瓶點滴藥液，那人把藥瓶掛在她背後牆上的掛鉤上，一屁股坐在她旁邊的空椅子上，「妳好用功。讀的是什麼？」

「我在看所羅王的《箴言》書。」她回答他。她看過他，他是同一層樓的病人。

他從她手中抽出那本小冊子，看了一段後開始唸：「我兒，惡人若引誘你，你不可隨從。他們若說，你與我們同去，我們要埋伏流人之血，要蹲伏害無罪之人；我們好像陰間，把他們活活吞下；他們如同下坑的人，被我們囫圇吞下了；我們必得各樣寶物，將所得來的裝滿房屋；你與我們大家同分；我們共用一個囊袋。」

他停下來，觀察她對他魯莽行為的反應，發現她並不以為忤，又正正經經回到《箴言》書上：「我兒，不要與他們同一道；禁止你腳走他們的路；因為他們的腳奔跑行惡，他們急速流人的血。好像飛鳥，網羅設在眼前仍不躲避；這些人埋伏，是為自流己血；蹲伏，是為害己命。凡貪戀財利的，所行之路，都是如此；這貪戀之心，乃奪去得財者之命。」

他把小冊子還給她，嚴肅地說：「這本書不好看。」

他是個壯碩的年輕男子，寬寬短短的臉上眼睛黑而亮，有些水汪汪的，是一隻友善的小狗的眼睛，鼻子短而挺，嘴唇十分厚實，唇稜明確。他皮膚是健康的乳白色，襯得毛色更加黑亮，剛刮過鬍子，下巴青濕濕一片。這不是一個美男子，卻長著張令人愉快的臉，這兩天她早已注意到他了，看著他到不同的病房去串門，幫護士送餐點，活潑得全不像個病人。見她又回頭看書，他又起了一個新的話題：「妳生的是什麼病？」

「心臟病。」

「很嚴重嗎？」他又問。

「不很嚴重。」

「妳好像不太愛講話？」他把頭湊向她，看她垂著的臉：「是不是妳爸爸媽媽叫妳不要隨便跟陌生男人講話？」

她笑了，說：「我看你在這兒過得滿快樂的嘛。」

「快樂是應該認真去爭取的，」他雙手捂著心門，「喜樂的心，乃是良藥，憂傷的靈，使骨乾枯，《箴言》書說。」

「原來你已經讀過了。」她說。

「所以我才告訴妳這本書不好看。」

他大約三十歲，也許更大一些，但是笑起來浮在臉頰上淺淺的酒窩，使他的臉有種孩童的稚氣。

「你住院住多久了？一定無聊得快瘋了是不是？」她問。

「還好，我這兒朋友很多。我想辦法把每個人都變成朋友。學我這樣，妳就會很快適應醫院的生活。」說完抓住她一隻手，懇切地說：「請妳做我的朋友好嗎？」

她噗哧一聲笑了出來：「你真寶。」

「妳說對了，沒想到一開始妳就這麼了解我。我們已經是朋友了嗎？」

她笑著點頭：「是啊。」

他溫柔地拍拍她的手背，一臉要跟她交心的樣子：「哎呀呀，我何德何能，如此輕易地贏得妳的友誼。」

她把手從他的掌握中抽出來，笑著問：「你是不是個演員，怎麼這麼會演戲？」

「對不起，我不是，不過妳這麼一說，我倒有了個主意，出院後也許我可以轉行。如果我想去演戲，妳那邊有沒有什麼門路？」他仍然一本正經。

她搖搖頭，跟他學舌：「對不起，我沒有門路，可是我出院後可以幫你注意看看。」

「說定了。」他問。

「說定了。」她跟他勾小指頭，用拇指蓋章。

「我就說嘛，人哪，在家靠父母，出外靠朋友。」他又抓住她的手，正經地說：「我有個見面禮送給妳。」

她慌了，說：「不要送東西給我。」看他一臉隱隱的笑意，才發現自己把事情看重了，又學他作戲的腔調：「我何德何能，一見面就拿你的禮物？」

他移步到她面前，緩緩吐一口氣，然後快速地解開自己的衣服，說：「看，」口中一邊哼著「樂聖柴可夫斯基」的主題曲，是高潮前的序曲。

她看到他胸膛一道從頸下筆直刺向臍眼的大約三十幾公分長的傷疤，輕輕叫了一聲：「我的老天！」

他坐向她身邊，再度抓住她的手，讓她的手掌輕輕貼在他胸口的傷疤上，說：「這是我給最好的新朋友的見面禮，」然後四下張望一下，壓著聲音說：「妳是這世界上除了醫生、護士外，第五個知道我這個祕密的人。」

「其他四個是誰？」她好奇地問。

「我爸爸媽媽和兩個弟弟。」他答：「我一開始就讓妳看我最醜陋的那一面。」

「你對我太好了，」她繼續跟他演對手戲，「我不知道要怎麼回報你。」眼前這個有些小丑性格的男子帶給她很大的精神刺激，她開始喜歡醫院了，「你為什麼有那個疤？」

他思慮了一下，似乎一時不能決定要不要告訴她真話，「妳先答應我不會笑我，」他又伸手過來要跟她勾手指蓋章，她又正經地與他來了次兒童間的誓約儀式，於是他說了：「我小時候迷日本武士故事，拿西瓜刀表演切腹，很不幸的，切錯了位置，妳瞧這個結果。」

他見這齣戲還可以演得下去，站起來取掛在背後牆上的點滴瓶，說：「我還有一個小禮物要送給妳，走。」

她跟在他後面，一起搭電梯下樓去。在侷促的空間裡，他緊緊盯著穿住院病人制服的她看，那眼光好像有穿透力，讓她覺得自己無法再在那一襲薄衫下隱身遁形，一時有著想逃的念頭，然而他的放肆大膽裡又有一種她說不出的純稚與篤定。她只得專注於電梯的樓層指示燈，三樓—二樓—一樓—到了。正當她要舉步走出電梯時，他在她耳邊輕輕說了一句：「妳身材不錯。」

她臉倏地刷紅了，他那充滿侵略性的眼光，使她一顆心突突地跳，然而那裡頭竟有一種叫她陌生的快感。出了電梯後，她尾隨著他，穿過一樓掛號處嘈嘈切切的人龍，走向醫院大門。

門外是一個活生生的現實世界。早秋午後的陽光瀉了一地，空氣中瀰漫著各種病房中聞不到的神秘的氣味，就是這些勃勃的氣味把空氣變得密實起來，讓人感受到生活的重量。一陣風兒掃來，把她吹醒了一些，她站在西斜的薄脆的陽光裡，定睛望著幾步開外走在她前面的那個男子，剛才在閱覽室中的愉快，在電梯間無名的顫慄感，突然離她遠去，只留下淡淡的迷惘與空茫。他與她就只是兩個穿草綠色病人制服的零餘人，如此而已。

然而她心中的疑慮與挫敗感沒有太多擴展的時間，他站在小停車場那塊草地上，眼前就是一排一層樓高的綠油油的樹。他跟她招手，臉上依然是孩子般由衷的笑，「來呀，來呀，我有一個小小的禮物要獻給妳。」

她快步跑向他。她才十九歲，患著輕微的先天性心臟病，就連死神也拿她沒有辦法。陽光很好，草地很好，樹很好，青春很好，新朋友也很好，活著很好，呼吸著很好，「外面好熱鬧喔。」

他一手高高舉著點滴藥瓶，一手指著前方：「我要給妳一個小小的驚喜。」

她跟在他身後，快步走到一棵樹下。他站定了，仰首望著頂上交錯的樹的枝葉，「妳看，看到沒？就在那兒，看到沒？」

她在枝葉間搜索，終於看到了他要她看的東西。她輕輕叫：「一串金色的花！」

「金疾雨，」他說，「金疾雨。這花開起來，金黃一片，一串串掛在樹上，謝的時候，快得像一陣雨，金色的花瓣撒落一地，地上也像鋪了一層黃金。」

她坐在樹下那把石板長條椅裡，勾著眼微張著嘴望著頂上那串金色的花朵。

「這是今年秋天我看到的最後一串金疾雨，」他高高舉著點滴瓶，坐在她旁邊，「我把它送給妳，當做一件小小的見面禮。」

她對他笑，說：「來，我幫你拿藥瓶，你手一定酸了。」

接下來的日子，她每天都會抽空下樓去看那串金黃色的美麗的花兒。金疾雨金疾雨，美麗閃亮消逝如一陣雨。那美麗的花兒和它詩意的名字，十分貼近她病中的心情。金疾雨金疾雨，美麗閃亮消逝如一陣雨。

## 4

她的新朋友名叫鍾磊，在住院之前是個計程車司機，在開計程車之前是某家觀光飯店餐飲部的侍應生。但是近兩年來大部分時間他都是在醫院過的，兩年前動了一次開心手術，補好了心臟裡一個破洞，在醫院住了快一年時間，出院後很快又染上急性肝炎，又被送進醫院來，一住又是半年多。他住的是三等病房，貼的只是一點伙食費，其他的健保局會管。長期住院療養讓他長出一身粉嫩嫩的肉來，原來一個精壯清瘦的小伙子，就變得圓鈍厚實起來，反倒比生病之前看起來清爽、精神。

「他啊，他是個職業病人。」告訴她這話的是陳景芳。陳景芳是個特別看護，受雇照料一個中風的老人，老人跟鍾磊同一個病房，所以陳景芳對鍾磊的事知道得一清二楚。

陳景芳三十四歲，比鍾磊大三歲，但光就外表不太能看出她的年紀。她個兒嬌小，一臉細白的皮肉上浮著些淡褐色的雀斑，有種缺陷美，細長上挑的單眼皮眼睛，不時輕淡地睨人一眼，有種說不出的嫵媚。她大概也知道自己五官最美的是那對眼睛，刻意描了墨黑的眼線強調它，眼線上又補了一層帶有螢光效果的淡紫色眼影，配上描過唇線的玫瑰紅的唇，整張臉就立體起來，擺在那群素淡得白影子也似的護理小姐和泰半老弱衰敗的病人之間，分外醒目。

關於陳景芳的閒話不少。推餐車送飯到病房的歐巴桑說起陳景芳扔下兩個小孩與丈夫離了婚，隻身到外面討生活時，又壓低聲量評斷了兩句：「她也真難得，這種辛苦錢也賺這麼久了。聽說她以前是幹那一行的。年紀也大了，再不收也不行了。這樣也好，看護婦比護士賺得多，伺候得好，病人家屬還會額外給小費。」這些話聽在她耳中，只是耳邊風一陣，她甚至恨那些人的缺口德，暗暗替陳景芳難過。

陳景芳也確實有些招搖。那襲特別看護的制服上衣兩個扣子不扣，微微一傾身，半輪雪白就從領口瀉出來，教人觸目驚心。她生得一副鳥骨架，而且渾身沒三兩肉，第一圍卻特別發達，在胸前形成兩個碩大的圓錘，使得腰部遠遠就陷落下去，握起來不足兩巴掌，據說有很多男病人花了不少時間在考據她第一圍的真偽問題。

鍾磊叫她「阿芳小姐」，混久了兩人之間全無禁忌，不時一言不合便拍拍打打一路從房間追殺到走廊，新病人見識淺，一聽見響動便奔到病房門口探頭探腦，看多幾次也就不當一回事了。

也幸虧陳景芳的搭檔是鍾磊。鍾磊那張貝貝臉和天生的小丑性格讓大家只把他當個長不大的孩子看，凡是涉及他的事兒總是蒙上一層鬧劇色彩，不教人往什麼陰暗穢邪的方向去想，否則陳景芳便難脫浮花浪蕊之名，說不定連醫院的差事也保不住。

「他啊，醫院賴定了，在這兒只管吃只管睡，養足精神串門子看電視，過得可舒服著呢，」陳景芳剮了鍾磊一眼，回過頭來又跟正幫鍾磊量血壓的實習護士說：「趕快把他趕出去，免得健保局被他拖垮，他沒病啦，他要是有病，哪來的力氣罵人？」

「怎麼，妳就見不得我過幾天清心的日子？」鍾磊眼睛跳過實習護士，回她幾句：「看著吧，大家都捨不得我走的，我一走這兒就沒有笑聲了。」鍾磊這時瞥見病房門口的來人，用籠絡的口吻說：「進來，好朋友，妳跟阿芳小姐說是不是？」

「他以為他美，他有趣，他人緣好，」陳景芳一臉不屑地說，一面招呼她：「王心梅，請妳吃葡萄，我用鹽水洗過了。」

她小心地隔著橫在她與陳景芳之間那個睜著一雙乾枯老眼的病人，接過那幾粒青葡萄，繞到鍾磊病床前，一屁股坐在那把空的椅子上，等實習護士退出病房後，才板著聲音對他說：「以後不要叫我好朋友了。」

「我哪裡得罪妳了？」鍾磊誇張地從病床上跳起來，誠惶誠恐地說。

她不去看他，垂著臉剝葡萄，免得自己笑出來，「剛剛你那個患氣胸的朋友告訴我，他看過你那道開心傷疤，他說幾乎整層樓的人都看過了。」

陳景芳樂了，拍大腿笑出聲來，「他胸口上那條拉鍊啊！」她學鍾磊的口氣：「妳是這個世界上除了醫生和護士外，第五個知道我這個祕密的人。還有還有，等一下，讓我想想他的臺詞是怎麼背的，有了，」陳景芳一臉誠摯地對半空一指，說：「我打一開始，就讓妳看到我最醜陋的那一面，妳說，現在我們是朋友了嗎？」

她咯咯大笑不停，忘了原先是興師問罪來的，「對對對對對，他就是那個樣子。」

陳景芳意猶未盡，她自己的表情又回到了臉上，挑戰地揚起臉兒來，勾著聲音問她：「妳知道他胸口那條拉鍊是怎麼來的嗎？」接著她再度壓扁了聲音，用假想的男聲說：「妳答應不笑的喔，不，先蓋個章才算數。好了，我小時候迷日本武士故事，拿水果刀表演——」

「好了，夠了，」鍾磊大喝一聲，切掉陳景芳的故事：「Stop,Stop,妳就專喜歡在新朋友面前拆我的臺，」雖然是在鬧著玩，他的臉卻當真刷紅了，「請考慮一下一個男人的自尊心，」他從床上跳下來，雙手抓著開了襟的衣服，把腳插到拖鞋裡去，一面喃喃地說：「此屋不安，不能居住。兩位女士，」他轉向她們，很紳士風地說：「我到外頭走避一下。」

陳景芳看著鍾磊逃去的背影，說：「他實在很可愛，只可惜這裡有點短路。」說著邊指著太陽穴。

「他裝的。」她告訴陳景芳。

「一天裝二十四小時，一年裝三百六十五天，裝久了，就變成真的了。妳看過他正經的時候嗎？抱歉，我沒看過。」陳景芳打了個要她別爭辯的手勢，「也只有他那種人，才能醫院一住就是一年兩年的。」

「不能不住呀！」她說。

「我看他是真的不太想出去了，反正過的一樣是窮日子，不如過得舒服一些。」

後來她才知道鍾磊爆發急性肝炎之前，開的原來是自己的車子，他人住到醫院以後，車子讓給了別人，抽回來的二十幾萬本錢，握在手裡就像冰塊一樣慢慢地溶了，一點一滴從指縫中流掉，人也跟著消沈了，雖然仍然攫住醫生打探病情，但是急的不是還要多久才能出院，而是醫院還能住多久。

「除了開車子，他沒有一技之長，以他那個學歷和年紀，他回到社會什麼都不是，想再回飯店端盤子，人家已經嫌他太老，再說開計程車吧，開車行的車子，東扣西扣，一個月跑下來，再好恐怕也就兩三萬塊，整天在大街小巷打轉，搞得灰頭土臉的，也不是太爽快的事。」陳景芳歎了一口氣，「他急哪，妳不要看他成天嘻皮笑臉的。」

她微微替鍾磊感到絕望，活下去不容易哪，陳景芳就經常把這句話掛在嘴上。但是她到底還沒真正弄懂那句話的意思，她媽媽從來沒有讓她挨過餓受過凍，自從到炸雞店打工以後，薪水領回來也只管往自己的戶頭存，臥房裡擺的是全套進口寢具，周圍還沒幾個女孩過得比她闊氣哩。

5

她媽媽還是把那個男人帶到醫院來了。

「張叔叔一定要到醫院來看妳，」媽媽一進門就堆了一臉笑容，「他問我妳喜歡吃什麼，我說我們家小梅什麼也不愛吃，他就買了一束花。」

那男人把花遞給她，她隨手又把它遞給了她母親，「妳還是拿回家去插吧，這兒又沒有花瓶。」

「小梅在生媽媽的氣？」那男人試探性地問：「媽媽心裡很難過，妳知道嗎？妳生病了她心裡很難受。」

媽媽撂下她和那個男人，到處找花瓶去了。她把臉別向一旁，不去理睬那個男人。她認為他把自己的角色搞錯了，肇事者竟充起了和事佬來。她到底沒有公然跟她媽媽的男人翻臉，她只是在賭氣，一面恨著自己的懦弱無能。

媽媽不知從哪兒找來一只花瓶，把那束玫瑰加滿天星供在她病床旁的小桌几上，「小梅，現在這房間氣氛好多了是不是？」

她沒應她媽媽，現在她正為一種不滿自己的情緒所困。她這場病生得太不值得了，白白被關進醫院一長段時間，兩手滿是青紫的針孔，藥吃得胃都疼了，她媽媽卻像卸下一個累贅，落得一身輕鬆，也方便那個姓張的登堂入室。她想到她媽媽那個帶篷頂的紅木雙人床，臺北再高級的賓館恐怕也不會這麼講究吧。

「小梅妳怎麼啦？」媽媽說話的口氣已透著不耐，「妳又哪裡不對啦？」

全都不對，最大的問題是她有個不健康的家庭，有個要不是被男人買就是買男人的媽媽。全都不對，她厭惡她的家，但除了那個家，她別無去處。她胸口被一團悒塞之氣重重地罩著，喉頭有個硬塊，嚥不下去也吐不出來。

她母親發現她在哭泣，淚水濡濕了一大片床單。這個倔強的脾氣怪異的女兒自小就是一個謎，凡事一定要搞得哀悽慘烈，由不得人過兩天平靜愉快的日子。她母親也一肚子火，自小這個乖張的女孩就分分秒秒為她這個做母親的打操行分數，在下一輩人面前她也得處處謹言慎行，否則那女孩真有辦法讓人臺都下不了。

男人夾在母女這場僵局之中，受迫陪著尷尬受罪，在病房門口踱進踱出。她媽媽知道這樣耗下去，場面會越鬧越僵，難保那乖僻的女孩還會做出什麼出人意表的舉動。她對那男人說：「她在鬧情緒，讓她去吧，隔一會兒就好了，我明天再來看她。」

媽媽和那個姓張的走後，她坐在空落落的病房中，兩隻腳絞在一起一抽一頓的，氣得七竅生煙。

那個下午她的主治大夫來看她，發現她心室早期收縮的頻率增加了許多，吩咐護士把心電機推到她的病房，又開始了二十四小時全天候的心電記錄與觀察。她頭頂上掛著點滴瓶，胸口上貼著心電機五顏六色的線路，好像戴著腳鐐手銬一樣。

窗外是一個早秋的清淡的雲天，遠處一棟建築有一排樹籬，矮樹上掛著一盞盞紅豔的花兒。她想起那朵今年秋天去得最遲的金疾雨。金疾雨金疾雨，美麗閃亮消逝如一陣雨。說的彷彿是青春本身，美麗閃亮消逝如一陣雨的青春年華。她眼光回到床頭那束玫瑰與滿天星，玫瑰也是美麗的，但它應該留在枝頭，留在燦爛的陽光下。

她睡去一下，轉頭又醒了過來，坐在床上盯著心電機上那屏小螢光幕看，靜靜讀著自己紊亂的心律。鍾磊打她病房前走過時，照例探頭進來張望一下，發現她被困在床上，神色凝重地走到她床頭前，「好朋友，妳怎麼搞的？心臟又不聽話了？」

鍾磊坐在她病床旁的椅子裡，與她一起讀她的心律。幾分鐘後他便坐不住了，開始在椅子上扭動起來，「這個節目不好看，我們能不能轉臺？我想看卡通影片。」

她笑了起來，舉手在他頭上敲了一丁公。

他也跟著笑，他知道她欣賞他的幽默。「我終於看到妳最醜陋的那一面了，原來妳的心那麼不好！」

他帶給她很多笑聲。他是個乾淨明亮的好人。他說一個醫生的笑話給她聽：「有某先生他太胖，找醫生開減肥處方，醫生給他一些藥丸，要他每個晚上睡覺前吃一粒，他一一照辦了。」他很懂得敘述的節奏，在這兒頓了一下。

她發現他有一口堅實如玉的牙齒，和柔軟濕潤的唇，他臉的下半部佈滿石英砂紙般的鬚椿。他非得天天刮鬍子不可，她想，據說這種男人血氣比較旺盛。「第一個晚上他夢到自己坐的船沈了，漂流到一個小島，一上岸就有十幾個光著身體的土著美女拼命追他，追得他在島上跑了好幾圈，某先生他上氣不接下氣，帶著一身熱汗醒過來。這樣過了十幾天，他每晚都在夢中跑給那些如饑似渴的土著美女追，於是他就瘦下來了。」

「他的朋友也太胖，某先生就介紹他的朋友去看他的醫生。醫生也給他的朋友開了一些藥丸，吩咐他每晚吃一粒，他的朋友也照辦了。那可憐的傢伙吃了藥丸蒙頭睡覺，夢到自己漂流到一個海島，一登岸就有十幾個拿著長矛的土人拼命追他，追得他上氣不接下氣滿島跑，這樣被折磨了十幾二十天後，也真的瘦了。但是這傢伙不甘心一樣靠夢中被人追著跑減肥，追某先生的是裸體美女，追他的卻是拿長矛的凶神惡煞，便跑去質問醫生，醫生就跟他說，某先生是他私人診所的病人，而他就只是個健保看門診的病人，差別就在這裡。」

她咯咯地笑起來：「很好笑。」

他抓著她的手，「哎呀我喜歡妳，我愛說笑話，妳愛聽笑話，我們兩個真是天造地設的一對。」

她又笑，把手從他的掌中抽出來，「不要開玩笑了，萬一被別人看到——」

「別人會以為我正在跟妳求婚，是不是？」他站起來，退離她一步，說：「別人不會誤會的，妳金枝玉葉，我不配。」

兩人又談了一會兒，他要她好好休息一下，說他想出去走走。「你要到哪裡去？」她有些戀戀難捨地。

「出去搞支煙抽抽，我以前煙抽得好厲害，對心臟肝臟都不好，現在我已戒掉買煙的壞習慣，只抽伸手牌，這很有用，因為一個大男人老伸手跟人要煙抽怪沒面子的，為了給自己留點面子，只好少抽。」他人就站在病房門口，用他一貫緩慢正經的口氣解說他那獨門的歪理。

她又一個人了，一個人孤伶伶地躺在病床上，面對自己雜亂的心律和錯綜的心情。

*6*

她在醫院待了快一個月了，醫生還是不讓她出院。醫生也當她是個小孩，有關她的病況很少直接透露給她。肝臟功能很好、胃很好、腎臟功能也很好。有很嚴重的貧血，體重太輕，平常應該注意補充鐵質。適當的運動對循環有幫助，也可以刺激胃口。要維持情緒的穩定，不要發脾氣也不要生悶氣。「我的心臟到底怎麼樣了？我並沒有太不舒服，我想出院了。」

「可不可以出院由我來決定，」醫生說，「有什麼事我會告訴妳媽媽。」

隔不久她住的病房送來一個動脊椎手術的婦人，那個太太四個上小學的孩子放學後就以醫院為家，手牽手直接到病房來，四個一排坐在自家帶來的小凳子上吃街上買來的便當，一邊談著小人世界的恩恩怨怨，儼然把媽媽的住院當成一次家庭假期。她受不了那群孩子的吵，一翻身下了床，逃開病房。

閱覽室坐了半圈看八點檔連續劇的病人，鍾磊手裡握著一杯蜂蜜水混在裡面，他粉面朱唇，夾在一堆老弱病殘者之間，格外醒目。陳景芳也在，她把她那個中風的病人推到電視機前面，用兩條絲巾把他的雙手縛在輪椅的扶手上，讓他端端面對電視機坐著。那是個老縮得只剩下一把枯骨的人，陳景芳怕他睡太多，晚上會吵人，故意把他擺在喧嘩的電視聲響和吵雜的人堆裡，但他坐在輪椅裡打盹，全然不理會他所置身的那個聲光織成的鬧哄哄的世界，陳景芳坐在老人背後，雙眼盯著電視螢光幕，雙手卻伸向老人，機械性地拿指尖去掏老人的兩隻耳朵，老人在她的騷擾之下一顆頭無力地左右閃躲著，陳景芳繼續掏，老人雙手開始掙扎著要掙脫束縛，臉漲成憤怒的黑紫色，頸上的青筋在枯乾的皮下暴漲起來，可他的身體卻不聽他的使喚，他深深地陷入宿命的肉體監牢裡了。

她走過去把陳景芳的手從老人的耳朵裡拿開，「不要這樣折磨他，他累了，妳讓他休息嘛。」

陳景芳兩眼仍然盯著螢光幕，手又回到老人耳畔，機械性地掏挖著。「不行讓他現在睡，他現在睡飽了，晚上就睡不著了，他睡不著大家受罪。」

老人無力地掙扎著，枯乾的眼中閃著憤怒的火星。

她心中不忍，走離閱覽室，在廊上繞了一圈，還是又回到人堆裡，「來，我把他推到樓下走走。」

她把老人推入電梯裡，才發現鍾磊也跟上了，手上仍然握著那只杯壁沁著水珠的空杯子。「阿芳小姐怕他晚上吵到同房的人。他晚上不睡覺，把床翻了個遍，一會兒要喝水一會兒要撒尿，大家被吵得要發神經了。」

下了樓後，鍾磊推著老人，筆直向停車場的草坪走去，「阿芳小姐的工作很辛苦，像她那樣的女人，大可不必來做這種工作的，她有些錢，有兩戶房子，只要不亂花錢，光是收房租也活得下去，但是她肯做。」

他們停在那排金疾雨下面。幾天前的一個中級颱風把醫院這座小小的綠地掃得花樹凋零，草地上處處可見殘花敗葉。

老人盹著了，頭勾到胸前。她說：「他一定很火大，」她指老人，「如果他手上有把槍，我相信他會殺了每個人。」

「我想他會。」鍾磊說。

她拾起一朵濺滿泥水的花兒，用指尖輕輕撥掉上面的泥粉。那花兒在風雨的侵襲下早已失去了顏色，她把花兒擲回地上。「他會的，他活得那麼累，又得不到安寧。」

「妳也這麼想啊？要是我我會殺掉我自己，」他突然握住巴掌，把拇指與食指豎起九十度角，來模擬手槍，把槍膛對準自己的太陽穴，「砰，」一聲，他身體軟了，肩膀垂了下去，眼睛勾起來，「我會殺了自己，」他又活過來，臉上帶著苦澀的笑，「但是去哪裡搞把槍呢？」

「用不著槍，死沒有那麼難。」她知道怎樣使自己死，或者說怎樣使自己慢慢接近死，有一回住院，護士小姐忘了把控制點滴流速的塑膠齒輪扣緊，點滴滴得太快了，她馬上感到心跳耳鳴胸堵腦脹，要不是她的慘叫聲引來另外一個護士，也許她當時就死了。她不想告訴鍾磊這個祕密，鍾磊看起來是那種很有自殺的可能的人。

有蟲鳴，不遠處有嚨嚨的車聲。老人在輪椅裡睡著了，他與她坐在樹下一條石凳上，他在跟她說他的童年。「我本來有三個弟弟，最下面那個出痲疹死掉了。那天我放學回家，看到我爸爸在院子裡釘一個長條形的木箱子，我以為他在給我做書架，他答應給我做一個書架的。可是我聽到我媽媽在哭，哭得聲音都啞了。我跑進屋子裡，看到我弟弟，被放在客廳地板上，死了，中午死的，看起來很小很小，很漂亮。他才七歲。前一天我還跟他在院子裡玩彈珠，他不太說話，我以為他只是累了。」

她想起她父親的死。她父親死在醫院，那時她才開始上小學，每天放學後就讓媽媽帶著上醫院去，常常在醫院睡著了，一醒來卻是睡在家裡的床上。她父親死於心臟病，死的那年才三十一歲，她母親二十八歲，她八歲。「我爸爸很早就死了，他是心臟病死的，我的心臟病是遺傳的。」

「我發過好多次病，每一次都把我媽媽嚇得半死，」她繼續說。她喜歡夜空，喜歡涼涼的風，喜歡遠方冷冷的星子。她雙臂緊緊鎖住自己淒冷的心懷，「我媽媽在我爸爸死後，傷心得差點沒死掉，飯都不吃的，瘦得像個影子。」鍾磊看過她母親，那個豔盛妖嬈的婦人，「我媽媽大概受了太多刺激，因為她的兄弟姊妹都怕她會去拖累他們，個個離她遠遠的，」她解釋：「後來她就什麼都無所謂了，什麼都不想了。」她不知道她媽媽到底還想不想念她爸爸，她媽媽說起她爸爸時，總是用「小梅她爸爸」這個稱呼，好像那個死人跟她沒有什麼關係似的。

夜更涼時，他們把老人推上樓交給陳景芳，又分別從各自的病房溜出來，溜到那一排金疾雨下面。

她繼續跟他訴說她孤獨的童年和青春期，他也說他的給她聽。他吻了她。起先他抓著她的手，在她講到傷心事時，他把臉湊向她，當她說到：「我一直很不快樂，也許因為我心臟不好，我很容易生氣，看不慣很多事情，尤其是不純潔的事情」時，他用唇輕輕磨蹭著她的耳珠子，在她來不及思索時，他的唇已貼上她的，她只感到口中塞滿一團濕濕熱熱的東西，讓她呼吸不了也開口不得。

事情一下子就過去了，兩人又各自坐正身子。她心跳得很快，耳邊清晰地響著那紊亂擾人的節拍，但是她既不快樂也沒有懊惱，只是一直記掛著他害的是急性肝炎，嘴裡積了一小泡口水吞也不是吐也不是。那是她的初吻。

他好像看穿了她的心，淡淡說了一句：「我的肝病是不會傳染的。」

她把口水吞下去，罵了他一聲：「傻瓜。」

## 7

她聽人說鍾磊跟陳景芳吵了一架，兩個人不講話了，隔一天，她同房那個太太也跟她提到這一件事，「大家都以為他們在開玩笑，他們打打鬧鬧慣了，大家只當是好玩，沒想到他們來真的。都說那個看護婦在喜歡那個男的嘛，送飯的歐巴桑說的。聽說那個男的也願意，歐巴桑說他圖的是那個女人的錢。那個女的很有錢，當特別看護一個月少說也有五六萬塊，還聽說她以前做過那種，錢賺了不少，房子也有，現在就想找個人嫁。那個男的長得不錯，年紀也輕。妳不是天天跟他們在一起嗎，沒聽說起這一些？」

她聽說了，可她那種年紀是記不住閒話的，聽了只當一陣耳邊風呼呼吹去。這回不同，鍾磊與陳景芳吵架的事她不知道，鍾磊這兩天一直跟她在一起，兩人曾把衣服穿在病人制服下面，跑到另外一層樓的浴室去，脫掉制服，跑到附近電影院看了一部二輪科幻電影，瞞過所有的人，事後開心得要命。

鍾磊一直沒有跟她提他與陳景芳的事，她原來只當他們兩個是臭味相投的朋友冤家，搭搭唱唱打發時間，看不出來兩人之間還有一段私情。又是那些無聊的人在瞎猜吧？她跟他們兩人混得那麼熟，什麼都不知道，別人天天躺在一張病床上，偏偏知道得比她多？

「那個女的看起來不是太正經，在醫院誰看她？她還是每天把一張臉塗得五花十彩的，」婦人手上捧著一本《時報週刊》，眼光不斷飄到她臉上，在偵查她的表情，「看她那個穿衣服的樣子！一彎腰兩個奶子就要從衣服裡掉出來，她到底當醫院是什麼地方！」

太不堪入耳了，陳景芳誠然無狀，也不當獲罪至此，「管她那麼多，那是她的自由。」她想切斷隔床那個三姑六婆的話頭，又怕出口的話沒有分量沒有立場。她向來怕長舌婦們的嘴，以前她與她媽媽也是閒話的受害者，她常常聽鄰居用「那個賣肉的」來稱她媽媽，氣得她回家抱頭痛哭，媽媽知道了，偶爾也會給氣哭，但是照常跟鄰居打招呼交朋友，消極地希望人一熟了就會彼此維持情面，不再公然謗議。

她下了床，抓起一把衛生紙，假裝是出去上廁所。

走到閱覽室，她發現陳景芳正把她那個中風的病人推到窗子前，讓他面對樓下大門川流不息的車子與人發怔，她則坐在一旁修指甲，把一隻腳拇趾挖得血都出來了。

她看著陳景芳從趾甲與肉的縫隙中拔出一塊泥污的爛肉，忍不住說：「妳連對自己的肉也那麼殘忍。」

「它磨神經，我不能不殘忍。」陳景芳頭也不抬地回答，「妳有沒有看到鍾磊？」

「中午吃飯看到他在幫忙送飯，後來就沒看到了。」

「我輸他很多，整棟醫院都是他的朋友，」陳景芳收起指甲刀，淡淡地望了她一眼，「妳今年幾歲？」

她覺得陳景芳那個問題問得莫名其妙，但還是答了：「十九歲，虛歲。我今年十月才過實歲十八歲的生日。」

「小孩子一個，我整整大妳十五歲，結婚得早的話，都生得出妳來。」

陳景芳幾天前休假，回醫院頂了個新燙的爆炸頭，引起護理站一陣驚呼，她摸摸自己的頭髮，說：「頭髮太軟又太少，這樣勉強可以撐撐場面。」但是沒兩天，她新燙的頭髮就給睡塌了，隔著髮絲仍然可以看到她一邊細白的頭皮。她很少與陳景芳靠得那麼近坐在一起，一轉頭就看到她那一臉一噸重的雀斑，陳景芳瞇起眼睛時，眼窩下面會撩起細細密密的皺紋，看起來年紀跟她媽媽差不多。

「妳看過我媽，她也愛漂亮，都已四十一歲了，還去跳韻律舞，」她舉她母親的例子來安慰陳景芳：「有些女人比較經得起老。妳也是，妳個子嬌小，不顯老。」

「妳媽媽一直沒再結婚？」陳景芳問。

「沒有，反正她有點錢，不用靠男人來養她，」她媽媽養男人，這點親戚朋友都知道，「我媽有個男朋友。」

「妳媽媽可以不結婚，她有妳，老了就靠妳，可以跟妳住在一起。我的孩子都給了他們爸爸，我一個人無依無靠的。」

黃昏了，天空掠過幾隻落單的飛鳥，夕陽把遠方靜止的雲朵染成淡紅色。她走過去把閱覽室的燈點上了，「在醫院日子過得好慢，我感覺好像來這裡好幾年了。」

「我來這裡才真的好幾年了，」陳景芳默數了一下日子，「四年三個月。人沒老心先老了，好笑的是我沒病，卻比哪個病人都住得久，」她抓抓自己的衣領，「這套衣服都快成了我的皮了，我買衣服絕不買藍色的，」她的制服是藍色的，那種廉價塑膠漆的藍，「看到藍色的衣服我就倒胃。」

老人醒過來了，口中咿咿呀呀地嚷，拿腳去踢輪椅。陳景芳從椅子裡跳起來，走到老人身後去，雙手扭著老人的耳朵，「睡飽了，又開始折磨人了？」陳景芳推著老人往病房走，對著站在背後的她說：「如果能出院就趕快出院，這種地方沒病住久了也會住出病來。」

晚上她媽媽提著一鍋豬肝湯來看她，半哄半罵逼她吃了下去。她坐回病床上，把椅子讓給媽媽坐。「媽我想回家了，我在這裡都快悶瘋了，我想回去上班。」

「妳上那個是什麼班？薪水領來只夠給自己買衣服與唱片。妳在這裡好好養病，上不上班沒有什麼關係。」

「打針吃藥對我這個病又沒有什麼幫助，醫生自己也這麼說，」她撩起衣袖，把手臂亮給她母親看，「說我貧血，今天早上又讓護士來抽走了一筒血，我住到醫院來光血就被抽了七八次，也不見他們研究出什麼結果來。」

她母親一意要留她在醫院。她生起氣來了，難道為了甩包袱，準備要這樣把她在醫院擺上一輩子？

她母親答應要去找她的主治大夫，「妳不要太愛抱怨，批評醫生和護士，免得成了個不受歡迎的病人，有事人家不理妳。」做母親的叮嚀孩子。

媽媽走後，她拉上與隔壁病床間的布簾子，躺在床上生悶氣。對生活對前途她都有一種隱隱的絕望，年輕又怎樣？孩子一批批地出生，隔幾年也就不年輕了。漂亮又怎樣？美麗的女孩踢翻一條街，陳景芳與她媽媽年輕時都是美人兒，還不是說老就老了，要個男人還得花錢買。她身上又還帶著個難纏的病，聽醫生的說法，她的病情惡化下去，會演變成心肌纖維顫動，那意思就是死亡。她不由得把被單拉上來蒙住整張臉。

死亡。不管她怕不怕，甘不甘心，全由不得她。她把頭埋入被單下面，靜靜數著自己的心跳聲。

她沒辦法睡覺。八點檔連續劇一播完，鍾磊就出現在她病房門口，「嗨，好朋友，」他站到她床頭來，「妳這麼早就上床，睡不到天亮的。」

她對他笑，指著椅子說：「來，坐下來，說一個笑話給我聽。」

鍾磊想了一下，說：「有個女人問婦產科醫生，不會生孩子會不會遺傳？」

她沒聽懂他的笑話，問：「有什麼不對？」

「連孩子都生不出來，還要怕會遺傳？」他解釋，又補充一句：「解釋是幽默的致命傷。」

「我懂了，蠻好笑的。」她說。

「但是妳沒笑。」他抗議。

「我笑在心裡面。」她解釋。

「我希望妳笑在臉上。」

她笑了，單單為了使他高興。

「我很快可以出院了，就等我的主治大夫來，他後天到分院來。」他說，「我要買部新車子，再回去開車。等妳出院那天，我免費載妳回家。」

「在家靠父母，出外靠朋友，」她引述他以前說過的話，「說不定你有時間，可以教我開計程車。」

他臉色一變，用很父兄的口吻說：「那我不教妳，妳太漂亮又太年輕，不能去開計程車。」

「鍾磊？」陳景芳站在病房門口，探頭對病房裡喚了一聲。從陳景芳的位置，看不到坐在病床床頭的鍾磊。

「阿芳小姐找你。」她跟鍾磊說。

「護士拿藥給你，要給你量體溫。」陳景芳走進來，遞給她一個倉促的笑，眼光定定回到鍾磊臉上，「護士小姐說你是最不乖的病人，說再找不到你，連藥也不給你吃了。」

鍾磊對她欠欠身，說：「我得回去報到了。」

陳景芳望著鍾磊打她眼前經過，臉上的表情空了一下，很快又轉過頭來對她一笑：「不要睡太多，晚上妳會睡不著。」

*8*

值大夜班的護士在走廊碰到她，發現她臉色慘白，一手端著臉盆，一手摀著心口，已到了昏厥的邊緣。

她被送回床上擺平，很快的病床四周就圍滿了護士與醫生。經常性心室早期收縮高達六成。呼吸困難。暈眩。想嘔吐。還有什麼感覺？眼冒金星。還有呢？大夫繼續探問。還有心裡難受得要命，活不活下去都無所謂了。但是她沒跟醫生說那麼多，任他們解開她的衣服，在她心口貼滿心電機的線路，任他們在她手背上找血管做靜脈注射。

為什麼又發作了？她搖搖頭。被逼急了她就回答：「不為什麼，我本來想去洗個澡，到了浴室突然頭暈。」

有沒有受到什麼刺激？她猛搖頭，搖出一串眼淚。

現在有什麼感覺？「覺得很噁心。」

心電機螢光屏顯示出她的心律，冷冷、冷冷的一小點，串成一條斷斷續續的虛線，噹噹、噹、噹噹噹噹噹。「這個節目很難看，我們能不能換臺？」那只是一個蹩腳的笑話，她笑不出來。這世界上流行的老是同一批爛笑話。

護士在她頭頂上掛起一瓶點滴，抓起她的手，拍了又拍，就是找不到一個容易注射的地方。她總共挨了五針，卻不太感到皮肉的痛，她的心思擺在旁的地方。

「要不要打電話找妳媽媽來陪妳？」護士問，「妳又病了。」

她搖搖頭，又搖出幾顆眼淚來。

醫生跟護士都退下後，她熄了燈，閉上眼睛，卻怎麼也無法睡去。隨意拿起擱在床頭的那本《箴言》，胡亂翻開一頁。愚昧的婦人喧嚷；他是愚蒙，一無所知。他坐在自己的家門口，坐在城中高處的座位上，呼叫過路的，就是直行其道的人，說，誰是愚蒙人，可以轉到這裡來；又對那無知的人說，偷來的水是甜的，暗喫的餅是好的。人卻不知陰魂在他那裡；他的客在陰間的深處。

她扔了所羅門的《箴言》書。書裡書外都是罪人。她想著自己無論如何都不能活成她母親和陳景芳那樣的女人。她在一棵金疾雨下面讓一個患急性肝炎的男子吻了她，那是一個帶菌者，而且她笑著把他的口水都吞到肚子裡去了。又對那無知的人說，偷來的水是甜的，暗喫的餅是好的。她抓來一疊衛生紙，把口中苦澀的口水吐在上面。愚妄人以為行惡為戲耍；明哲人以智慧為榮。惡人所怕的必臨到他；義人所顧的必蒙應允。暴風一過，惡人歸於無有；義人的根基卻是永久。

書裡書外都是惡人。無論如何一定不能活成媽媽和陳景芳那樣的女人。她因為想著母親的事，從而想起了早死的父親，想起遙遠的童年。

她想到腳踏車、彩色的汽球、冰淇淋、穿滾蕾絲邊紗衣裳的洋娃娃。想到早晨的太陽，帶著露珠的花朵，漢堡的香味，和小提琴淒美的弦音。

她想到一個六月的清晨，她穿著一襲豔黃色的雨衣去上學，跳過路上一窪窪的水坑，閃躲疾馳而過的車子，突然嚇得不敢穿過馬路到對面的學校去，在那一刻，她分外地感到在這個世界上自己是如此地孑然一身。**擾害己家的，必承受清風；愚昧人必作慧心人的僕人。看哪，義人在世尚且受報，何況惡人和罪人呢。**

她在一株金疾雨下讓一個患急性肝炎的無聊男人吻了她。金疾雨金疾雨，美麗閃亮消逝如一陣雨，世上多的是廉價的神話與傳說。

噹噹噹噹噹、噹、噹噹，她的心是那樣跳的，在女用浴室裡。她端著臉盆到浴室去，站在鏡子前仔細審視自己病白的臉，耳旁卻聽得女人悶著聲音喘息，聲音來自最裡間的浴室。是那種強忍痛苦由喉間逼出來的聲音，很低，像來自一個遙遠的夢。

她歪著頭，屏息凝神地傾聽著。那聲音又來了，在喉間壓扁了的吟哦，很低很低，一種由靈魂最裡層浮溢出來的低悶的痛苦的呻吟，一絲絲化入空氣中，消失了。

有人洗澡時突然發病！她肩膀抽了一下，一股冷電竄過她的全身。她雙手按在心門上，定定立在原地，眼光像探照燈般搜尋了空落落的浴室一遍，看到最裡面那個緊緊拉上塑膠簾子的單間似乎有暗影在閃動。

聲音中斷了。也許昏迷過去了，也許斷氣了，她的一顆心在胸腔裡卜突卜突地跳。出事了，有人在浴室出事了。

下一秒鐘，她大步往前衝，站在拉上簾子的浴室前，探出一手，輕輕撩起那片塑膠簾子。裡面是兩個滿臉驚愕全身赤裸的人。他們瞪大四隻眼睛望著她，表情凍結住了，擺在她眼前的是兩尊石化了的雕像，那是鍾磊與陳景芳。

鍾磊背部抵著牆蹲著，陳景芳正面朝下半跪在浴室地板上，兩人腳下踩著一堆零亂的衣物，靠著牆根放著一個裝滿了水的塑膠臉盆。

鍾磊一身凍杏仁白的皮膚，泛著一層微微的汗的油光。陳景芳頭髮披掛在臉上，嘴巴張成一個O字型，裡頭是半截潮濕的暗紅色的舌頭，她有著一對肥美柔軟的乳，一個腰握起來不滿兩巴掌，那曲線誇張得叫她駭異。

她絕不會告訴醫生與護士她在浴室撞見的那一幕的，雖然說出來有助於解釋她的病情。但是她已不在意這個病了，這一切很快就都會成為過去。她閉上眼睛，卻看見那朵從夏天開到秋天的金疾雨，那美麗閃亮的花兒。

她張開眼睛，找尋那朵豔亮如驕陽的花兒，可看到的卻是嵌在天花板上寒磣磣的日光燈，和頭頂上那瓶黃色的點滴液。醫生說過，點滴液裡加了強心劑，有麻醉作用，護士很謹慎，把它調整在一分鐘十五滴的流速。她望著點滴液遲移怯懦地，一滴一徘徊地往下掉，感到了生命的無謂與冗長。

她又閉上眼睛。浮上她腦中的還是鍾磊那身涑杏仁白的油亮的皮肉，和陳景芳碩大的乳與暗紅色的潮濕的舌頭。她搖搖頭，想把那些影像搖出腦門，但是卻沒辦到。她張開眼睛，探眼病房門口，突然伸手把控制點滴流速的那個鈕扣大小的塑膠齒輪往下推，推到最尾端。

點滴液一滴接一滴流入她體內。心電機的螢光屏出現了高山縱谷般的曲線，那是她悲絕的吶喊，單薄清脆的電子鳴叫聲跟著像警鈴般一路忙碌地叫下去。

# 向日葵

## 再會啦再會

女人穿著高跟鞋和一條垂過膝蓋的窄裙，混身帶著一股隱隱的香水味，那身華豔的裝扮，一看就知道是從都市來的，老人已不記得有多久未曾看到化著粧的女人了。她叫他「伯公」，告訴他她是三房阿勝仔的太太，說著又遞上一大盒用紅紙包的東西，「一些肉脯，阿勝仔叫我送來給你的。」她解釋著，硬是把那盒肉脯塞入他懷裡。

當她說著話時，緊緊貼靠她站著的那個男孩子，兩眼直直瞪著老人，就當老人是種罕見的動物似的。女人緊抓住男孩的胳膊，討好地把孩子向老人面前推：「叫，叫伯公祖，叫伯公祖，」她愛嬌地喚了幾聲，然後彎下腰命令孩子：「叫啊，伯公祖才會歡喜你，叫伯公祖。」

阿勝仔這個名字聽起來蠻順耳的，但是自己的親戚誰是那一房的，老人從來就沒有搞清楚過，他也不在乎，老是有那麼多孩子出生，孩子長大了又生孩子，一張張鮮嫩的臉孔在眼前走過，一些時間不見，下次又會換上另一個樣子，好像變了個人似的。阿勝仔到底是他的侄子，還是侄孫，老人也不清楚，但是他覺得這些不重要，臉孔長成什麼樣子才重要。

「本來應該先打電話來的，但是你這又沒電話，想你也不會出門，就來了。」女人又開始解釋，口氣裡有些不安，「阿勝仔伊沒空，沒來看你，伊叫我跟伯公講，下次再來。」

老人仍然沒搞清楚女人的來意。已經很久沒有人到這小沙崙來看他了，他們認為大憨頭才不知享福，還守著幾畝沙地過窮日子。他想不出眼前這個染了一頭赤紅頭髮、兩腮塗著胭脂的年輕女人來到這赤貧的荒地有什麼目的？他耐心地等她把事情說明白。

「這孩子來跟你住一陣子好不好？給你作作伴兒，」女人再把孩子向著老人推近一步：「我跟阿勝仔要出國去，想說擺你這裡才會放心。」

為什麼那麼多親戚她不去托，單單就找上他這個連煮三頓飯都嫌氣力不夠的孤單老人？

「妳不能把孩子寄我，我這他住不慣，我這連電也無，我煮的東西——」

女人急急切掉他的話：「我知我知，我跟安成講過了，」她指指被她雙手緊緊鎖住的男孩：「暫時住一陣子，等我跟阿勝仔回國就來接。」

老人來不及思考，來不及回答，那女人匆匆看了他與孩子一眼，就彎腰去湊在孩子耳邊說：「乖乖的，媽媽剛剛在路上都跟你說清楚了，你跟他住一段時間，我再想辦法來把你接走，你若不聽話，別怪我不來接你。」

孩子站在原地動都不動，身子挺得硬繃繃的。她又說：「跟媽媽再見，安成聽到沒！」

路頭出現一輛紅色的小轎車，開車的人撳了兩聲喇叭，老人與孩子同時轉過頭去看，那車子窗玻璃全搖上了，看不出來者是誰。女人情急地叫了聲「安成啊，」便轉身向汽車走去，一面回頭不安地看著老人與孩子，等靠近那部停住的車子時，她突然扯起喉嚨叫：「你自己答應要乖乖的，你不要忘了。」老人聽出那聲音裡已有了淚的鹹味，一時竟說不出半句話來。

那部紅色的車子在女人拉開車門坐進裡面後，便發動引擎向前絕塵而去，路尾就留了一條煙屁股和一團團被帶起來的黃沙。

老人回頭看了那孩子一眼，發現那孩子也正睜著一雙亮晶晶的眼回瞪著他。老人問孩子：「伊是你阿母？」

孩子點點頭，算是回答。

「伊為啥把你丟在這兒？」這是老人的第二個問題。

孩子搖搖頭，跟著把頭垂到胸前，默默地接受了自己的命運。

「伊為啥把你丟在這裡？這裡你住不習慣的，無電——」老人突然想起什麼，口氣變得急切起來：「無電——無電視、無日光燈、無冰箱、無瓦斯，」老人向孩子走近一步，試著跟他伸出一隻手：「伊啥時辰來把你接回去？」

那男孩再度搖搖頭，搖落了臉頰上的幾棵新淚，他也不去掩飾，光就拿手背去抹眼淚，那淚水越抹越多，倒像是被那隻急速抽動的手引出來似的。

老人再試探的問了孩子一句：「阿勝仔是你阿爸？」

孩子再點點頭，現在他已用兩隻手摀住了自己的臉，把眼前那片荒涼的風景擋在視線之外，把臉埋在他小小的巴掌之中。

「開紅車的那個人又是誰？」老人又問。

「我爸爸！」孩子提出了標準答案，他說的是國語，「我爸爸開車送我媽媽跟我來這裡的，他叫我媽媽帶我到這裡。」

老人聽懂孩子的意思，只是搞不清楚為什麼那個叫阿勝仔的不親自送孩子來，好歹阿勝仔還得叫他一聲「伯公」，還有，為什麼阿勝仔和那個粧扮得很嬌豔的女人要把眼前這個男孩送到這麼個窮鄉下？「他們為什麼把你送到這裡來？為了什麼事？」

孩子終於停止了哭泣，臉上仍然留著斑剝的淚痕，「有人要抓他們——」男孩話一出口才警覺到自己漏了口風，在緊要的關頭煞住，一時又找不到新的說詞，硬是半張著嘴，久久吐不出一句話來。

「誰要抓他們？」老人問。這可是一件大事，他一開始就知道事情來得不尋常，那個染著紅頭髮畫了胭脂的女人，沒有理由把這麼一個嬌貴的孩子往荒郊野外扔的。事情果然不尋常。

「我不知道，他們要我不要問，他們說小孩子不要隨便問。」男孩說著，聲音又哽咽住了，他生得方頭大耳，毛髮濃密，看起來可不能當個小角色。「他們走了，不管我了，我知道，他們怕我太麻煩。」

老人知道那孩子心中藏著祕密，但是他不在乎，上了年紀的好處是對所有的事情都不再好奇，不想去追究。「那查某是誰？」

「我媽媽。」男孩回答。

「不是啦，我是問，她是我的什麼人？」

「她叫你伯公，」男孩子對自己所說的並不很確定，「我爸爸叫你伯公，我媽媽聽我爸爸的話，把我送到這裡來，我爸爸說我有一個伯公祖住在沙崙那裡，叫我媽媽把我送到你這裡來，他們說我住這裡比較安全。」

## 風日有情春光好

男孩來到沙崙仔的時候，正是春陽春雨的日子，從海上來的風裡揉著陽光的金塵，鎮日吹得人睜不開睡眼，紅瓦屋後頭幾棵桑椹，終日在不同強度的太陽光下變幻著顏色，朱紅、鮮紅、淺紅、紺紫、暗紫，委身春泥裡的離枝的果子糊糊一片紫黑，遠遠走過就招惹得人滿口口水，往往不由自主地倒退幾步，嚥了幾口清甜的口津才能再往前舉步。

屋前高高矮矮長著幾叢相思樹，風過處，相思樹兒頭一歪，落了一地醉濛濛的黃英，像有人洗過染著金色油彩的畫筆，隨手往綠色基調的風景畫上甩了幾甩，星星點點，滿滿是振翅欲飛的螢火蟲兒，也是一顆顆晶燦的流星。

還有芍藥，縱情放任地滿滿開了不及半人高的樹身，那潑辣的豔紅配上沈靜的墨綠，直是一場即將引燃的戰火。還有杜鵑，四五株一起發花，陣勢很穩，白的、粉紅的、豔紅的、胭脂紅的，高高低低綴成了一片花海，叫人無法不驚心，這春光竟是如此壯烈，非得發出一些喧鬧的聲音不可。

男孩覺得那些花兒太放肆、太奢侈、太不懂得自制，那在市場裡一朵朵計算，值好多錢哪，就那樣五顏六色地一氣開滿，多浪費。

走出紅瓦屋，那一團團蹲著的小山丘，長著數也數不清的白色的花兒，老頭兒告訴過他，那一串串像鈴子似的花兒叫月桃，月桃花，萬一害胃氣時，那月桃的根莖割些來，還可以煎了當藥湯喝，包管一次見效。

男孩並不喜歡這麼一個地方。他並不稀罕到處開得興興頭頭的花兒，只有女生才喜歡花，你能拿那些紅的紫的黃的花朵來做些什麼呢？你能吃它嗎？能拿它去賣錢嗎？能用它做一個北斗之拳嗎？掃興的是這裡就只有那些噁心的倒霉的花兒，到處都是，每天一睜眼就看到它們。

什麼都沒有，沒有電視、沒有燈、沒有電唱機，當然更沒有彈簧床和沙發椅囉。什麼都沒有，什麼都沒有！好一個叫人喪氣的地方。

只有一輛鐵輪子都生了鏽的牛車、一條好老好老的水牛、一部破腳踏車、一窩雞、七隻神氣活現的鴨子，還有一口比屋子大一點點的池塘，和屋前屋後那些沒有什麼用處的花兒。

沒有蚊香、沒有噴效殺蟲劑、沒有魔術靈。入了夜後，老頭子就在院子裡放火燒一堆草，那些草冒出很濃很濃的青煙，老頭子說那是用來趕蚊子的，蚊子怕煙，那樣薰一薰蚊子就會跑光。

老頭子的怪癖不止這個。晚上他把那條好老好老的牛牽到屋子裡，就把牛關在正中央那間廳堂，讓牛在那兒睡覺。牛是會打鼾的，打得很大聲。老頭子也打鼾，打得很大聲。一整個晚上就是老頭子跟牛在打鼾的聲音，差不多要把屋瓦都震落下來了。

沒有電燈，所以很早就得上床睡覺。男孩並不喜歡早睡，在臺北的時候，他常常跟著爸爸媽媽開車到一些特別的地方吃宵夜，有些是在山上，有些在溪邊，點著很亮很亮的燈，很多人開車到那些地方，男人女人和小孩子，一吃就吃好幾個小時，回到家後，他一撲到床上就睡著了，什麼事也不想。現在就不行，他躺在黑暗中，四面八方都是些怪蟲和怪鳥的叫聲，遠遠近近把他包圍在裡面，有些好像就在他的耳朵裡叫著，磨著他，叫他不得好睡。

而且他感到害怕，前兩天他跑到外面去玩時，看到一個墳墓，那個墳墓離屋子用走的大概只有兩分鐘到四分鐘的路。一個墳墓！裡頭躺著一個死人，也許就是一堆骨頭，看那樣子大概已經埋在那裡很久了，那死人一定已經變成骨頭了。據說死人是用飛的或用飄的，比起走路或跑步來得快很多，要隻鬼從墳墓到這屋子來，大概只有幾秒鐘吧，幾秒鐘！老頭兒睡得那麼熟，幾秒鐘是喊不醒他的。男孩身子一縮，把自己整個埋藏在棉被下面，卻聽到耳旁傳來自己的心跳聲，像有人在擂鼓，又快又亂，聽得他都要昏了。

他記起老頭子告訴過他的，往屋子前那條小路一直走下去，大概走半個多小時，就會看到一座廟，那座廟叫「萬應公廟」，老頭子把廟的名字歪歪斜斜地寫在那張包肉脯禮盒來的紅紙背後，然後裂著嘴對他笑，問他：「什麼叫萬應公廟知道嗎？那些沒有人管的好兄弟，他們的廟就叫萬應公廟。」

「什麼是好兄弟？」男孩問。

「好兄弟就是——」老人尋找一個男孩比較容易懂的說法，他的嘴巴裂得很開，望過去只見黑洞洞的一個，裡頭是半截紅紫色的舌頭。「好兄弟就是在田裡飄來飄去的鬼。」

男孩瞪大著眼睛望著老人，望著他那一張一合的黑洞洞的嘴，有幾秒鐘，男孩感覺從皮膚下面泛起一股寒意，男孩甚至怕起坐在他前面那個搖著扇子的老人來，萬一老頭子也是鬼變的怎麼辦？這紅瓦屋離有人的地方大概用走的也得走上好幾天時間吧？男孩自從被他媽媽丟在小沙崙仔後，除了那老頭兒，就沒見過其他的人了，這事兒多少有些離奇。

## 向陽的花朵

「你幾歲了？」老人問男孩。

「十歲，」男孩說，「你呢？幾歲？」

老人思慮了一下，乾癟的嘴喃喃地嚼著一串數字，終於篤定地說：「七十六歲。」

「七十六歲，」男孩重複著這個數字，他到底不知道七十六歲有什麼意義，他自己只活了十年，好像已經活了很久很久了，久得以至於小時候發生的一些事情他都記不得了，他記不得搬過多少次家，記不得換過幾所學校，記不得什麼時候開始買北斗之拳、又丟掉過幾個北斗之拳，也記不得一年級那個愛穿白裙子的級任老師的名字。「七十六歲是很老很老了，對不對？爸爸才三十一歲，媽媽才三十歲，他們都生了我十歲了。」

「七十六歲是真老了，可以做太祖了，」老人輕輕歎了一口氣，關於這點，他是有些感慨，他從來就沒有過一個完整的家庭，沒有擁有過一個女人，沒有生過孩子。沒有人來姓他的姓，誰來叫他太祖？「你叫我伯公祖，你以後生孩子，就要叫我太祖了。」男孩對著老人一陣傻笑，他才十歲，那老頭兒就說到以後他要生孩子的事，頭腦壞掉了他，人活得太老頭腦總是會壞掉的，七十六歲已經夠老了，牙齒都掉得差不多光了。

「七十六歲，」老人又一次重複這個數字，「老囉，七十六歲。」七十六歲，只比民國年輕幾歲。認識的很多人都死了，前些年，每年都會聽到好幾個老朋友過世的消息，近些年，就比較少聽到那些壞消息了，能撐這麼久的還是不多，大概都過去了。

親戚們也開始談到他。「過七十五了，就等日子了，也真可憐，身邊沒有半個人。」有些親戚返鄉的時候，好心好意的跑來看他，他們說：「這些沙田還值些錢，魚池也還能賣個幾十萬塊，把地產賣掉，到都市找個廟寺或養老院住下，不要再拼這條老命了。」有些說：「你這塊沙地挖不出黃金來的，你在守些什麼呀。」他們總是背著他，彼此搖搖頭，說：「數日子羅，時間差不多了，數日子羅。」

老人當然懂他們的意思，他們認為他已經重聽了，所以話老是壓得不夠低，總有一兩句會濺到他的耳朵裡。時間差不多了，數日子羅。老人睡覺前總會想起這幾句話，但是想歸想，覺照常得睡，總不能就真的睜著眼睛數日子吧？憨頭才這樣跟自己過意不去呢。

七十六歲又怎樣？天公祖可不會對一個老人特別優待，幾天不下田除草，雜草就可以長得比秧子還高，種著甘薯的田裡那窩野鼠，最近膽子越來越大，連著幾個洞打穿在一起，見人來了也不走避，就尖著兩隻耳朵瞪著一對賊眼猛望著人瞧，這件事也不是跟天公祖打打商量就能解決的。七十六歲又能奈何？

好幾年前他就不再去算自己的歲數了，七十六歲也只是隨口說說。老人望著男孩，心想，像他那麼大小的孩子，你不能不給他一個確定的數字，否則他會追問個不休的，再說，也不能當著孩子把自己說得太老，像他那麼大小的孩子是不會習慣跟一個太老的人住一塊兒的，小孩總是把老人跟死亡想在一起，小孩不會親近太靠近死亡的人的。

好幾天了，男孩總是一離了床，便托著腮坐在門檻上，望著屋前那條黃泥路，獨個兒怔忡出神。這裡的一切都不屬於他，沒有一樣東西跟他有關聯，甚至那個他叫「伯公祖」的老頭兒也跟他沒有關係，打他出娘胎後就從沒看過這麼個怪老子，沒到過這個鳥不生蛋的鬼地方。這兒甚至見不到一輛車子。

老人遞一把帶黑白斑紋的種子到男孩的手心：「給你。」

男孩認出那是葵瓜子，他媽媽偶而會從市場裡買一兩包回來，裡面是幾千幾萬粒這樣的瓜子，他媽媽總是撕開葵瓜子的塑膠包裝，倒一大把在茶几上，她人就橫躺在沙發椅裡，喝著啤酒，把沁著水珠的啤酒瓶放在肚子上，用塗著腥紅指甲油的指甲摳著啤酒瓶的標籤紙，一面嗑葵瓜子，一面看連續劇，一個小時的連續劇看完了，就只見她身旁一地葵瓜子的殼。

男孩數一數，掌中一共十五粒葵瓜子。他把手掌攤平，對老人搖搖頭，說：「我不愛吃這個。我媽媽愛吃，我不愛。」

「不是給你吃的，給你種的，」老人指著前院。那孩子臉上孤寂的神色折了他的心，他只是想找件事讓孩子做做，不讓他鎮日望著那條死寂的黃泥路出神。

在陽光下，老人眼睛裡的血紋看得清清楚楚，男孩覺得老人的眼球像兩顆磨舊了的玻璃彈珠，老人的呼吸也有著老屋子那種霉味，他黑洞洞的嘴一張一合的，繼續熱心地說：「種在厝角頭，半步一粒，先把土鬆一鬆，鋤頭在厝後，下種的時辰，先量量地，半步一粒。」

男孩全部的農稼經驗就是在沾了水的棉花上養過幾顆綠豆，那綠豆在悉心灑水下，成功地抽了芽。他握著那把葵瓜子，根本不相信那幾粒黑白斑紋的種子會在他手下長成一棵棵有生命的植物，它們吃的可不只是水。

老人把孩子領到屋後放置農具的角落，拿了一把鋤頭給男孩，「花開了的時辰，黃湛湛一片，每一蕊都跟你的臉一樣大，頭歪歪對日頭笑，真是趣味。」

## 兒孫紹述長

老人每日只起一次火，他煮的是午餐，在太陽最豔的時候把飯菜煮熟了，讓它在陰涼的廚房裡冷卻，擺一個下午和接下來的早晨，不怕它敗壞，這是簡單的推理，也是幾十年的老經驗。就個老光棍來說，他不算太懶。

遷就他的牙齒，食物一概煮成糊狀，三百六十五天，天天吃粥，粥裡加了地瓜葉、切成丁的魚乾、肉碎、四季豆，或偶而從市場帶回來的鮮蝦或雞蛋。最拿手的是筍絲瘦肉粥，熱著吃或冷著吃都一樣有風味，要能找到那樣的嫩筍，就是餐餐吃三碗也不膩人。

男孩並不欣賞他的手藝，餐餐對著一碗形跡可疑的糊狀物皺眉，他甚至叫不出碗裡那些怪東西的名字。他喜歡吃炸得油澄澄的雞腿，喜歡芝士漢堡，喜歡夜市裡的米粉炒，喜歡三一的草莓冰淇淋，也喜歡孔雀餅乾和洋芋片。

老人為了男孩炸過一次雞。他把雞切成小塊，塗了麵粉，在油鍋裡炸成焦褐色才撈起來，男孩等不及雞塊冷卻就探手去拿，被燙得指尖都發紅了，趕忙送入嘴巴裡吃著，另一隻手已經又蠢蠢欲動了，攫了一塊油燙的雞肉就往另一隻手拋，幾番往返後，雞肉才送入口裡。

但是那次炸雞，還是沒有完全成功，男孩到處找胡椒鹽，一塊雞胸肉不安地吃吃停停，原先老人以為是雞肉太燙，鼓著氣幫他吹了又吹，男孩不耐地把攞著雞肉的碟子抽回自己眼前，失望地盯著它看了很久，說：「香雞城有一包包的胡椒鹽，炸雞要灑胡椒鹽才好吃。」

老人在痛惜那隻雞，那是一隻很好的小母雞，原來要留著牠生雞蛋的，現在雞沒有了，那孩子吃了兩塊雞肉就不再動筷子了，那雞殺得真不值。總共就吃了兩塊雞胸肉！

日頭很豔，盈耳是婉約流利的鳥啼，一聲疊過一聲，一串顫音之後緊接著一句高亢拔雲的長鳴。孩子坐在門檻上引頸傾聽，老人遠遠地歪躺在屋前那三棵相思樹下一把瘸了一隻腿的矮藤椅裡。老人正在發著夢，夢中有著一種似蝶非蝶，似鳥非鳥的美麗生物在他頂上盤桓不去，用一種異地的語言呼喚著他，一聲強過一聲，老人掙扎著要回應牠，嘴巴無力地張開，就是發不出聲音來，徒然流了長長一條口津，從下巴延至襟前。

過午的時候，老人到厝後尋出一把鑿子，準備到厝前矮丘上繼續未竟的石工。他原本是要帶著男孩一起走的，這些日子來，他已經習慣有那孩子留滯在身畔，添點清脆美麗的童言童語，不論做什麼事都比平常來勁。老人一腳不及踏入廳堂，赫然發現那娃兒已經貓般趴在門檻後那塊浸著日頭的地上睡著了。

老人原來準備把孩子抱到床上去，讓孩子睡個安穩的覺，但是當他蝦著身子，探出一手，勾著孩子的後頸時，他幾乎立即就知道自己力氣不夠去搬動那孩子。那層領悟使他有些喪氣，老囉，老得抱不動一個十歲的孩子囉。

老人施施然上小山丘。在一叢桂竹後面，他藏著自己的墓碑。他在每個氣力很足的日子裡，都會到小山丘上來，逐字地打造自己的墓誌。這件事他做得一點不傷情，年輕的時候，田產料理得不好，逢上一季欠收，要喫飯就得另外想辦法，那時他就夥著村子裡其他兩個少年仔一起上山刻墓碑。那頭家把一張寫著毛筆字的牛糞紙交給他們，讓他們把那些毛筆字拓在石碑上，一筆一劃照著打，按著規矩來就不會出錯，一打打了幾年，打了幾百個墓碑，可從來沒有人來起個是非。這一輩子有機會認識幾個漢字，也得拜打墓碑那段時日所賜，三個人裡頭，就是他一人有心認字，一個字在手裡摸上幾回，也就在腦中生了根。那另外兩個，不知有多羨慕他，老是酸溜溜地叫一聲「博士」。「博士博，博得戴紙簍。」這是罵人的話，一個不該識字的人識了字，某一方面來講，是犯了天條，是不守分，種田的人認字做什麼？

那墓誌已大致完成，瘦瘦方方一長塊岩板，上方由右而左深深挖出兩個字：敦煌。敦煌兩字之下，字體縮小兩號，端端刻著：**顯考洪公諱登山佳城**，名號右邊的日期留空，身後自然會有人代勞，名號左邊留空，一般的做法是「○大房子孫立」，但是洪公登山不能依照慣例，一個無子無孫的人怎能擁有死後祀享？

甚至墳墓左右兩翼的銘文都準備好了，左大右小，同樣是大理石板岩為底：

左邊：宗祖規模遠
　　父慈子順孝
右邊：兒孫紹述長
　　兄友弟恭謙

所有榮故的人墓誌泰半是這麼寫的。宗祖規模遠，父慈子順孝。兒孫紹述長，兄友弟恭謙。老人不知道對一個無子無孫的人，能有些什麼體面的句子？很少人是無子無孫的，無子無孫的人在這個世界上，大概是被咒罵的少數罷？死了都沒人來哭的。老人想到這裡，不禁暗自心酸。啊，究竟要活到這麼老，才知道兒孫自有兒孫的好處。年輕的時候，忙著四處奔跑，忙著欣賞世情，行船、伐木、耕種、石雕，永遠興興頭頭地扮演生活的旁觀者，老是勻不出時間來真正投入任何一件事，包括愛一個女人，讓那女人生養個兒子。活到七十五歲、七十六歲——活到八十歲了——他才明白做人的目的。養個家，養一些姓自己的姓的孩子，讓墓碑上明明白白地刻出幾大房子孫來。

他曾經愛著一個女人，港口那挑魚擔的阿枝，她那張臉躲在斜斜劃過的斗笠和頭巾後面，只見兩隻嬌羞的眼和半張未開的嘴。船在海上，心裡惦的是她一人，船靠了港，急急張望的是她那張臉。張望了幾年，她還是嫁給了當木工的王阿泉，那年頭的女人算定行船靠海吃飯的男人是無根的萍，誰願意自己的男人一出海，就鎮日眼巴巴地守在岸邊跟老天打商量。想起來這一輩子就對那麼個女人動過心。

桂竹的影子長長地落在山坡上時，老人才戀戀地丟下工作，認真算起來，半個下午他只是巴巴地撫著那塊沾滿石粉的墓碑，未曾打下一個字。那墓碑前前後後也用掉他快半年時間了。

老人才轉入前庭，就見那孩子兀自坐在門檻上，托著腮望向路頭，見了他也不起身，眼光頹然飄落在自己那雙打著赤的腳上。黃昏是養心事的時辰，那孩子想的大概是他那對沒有心肝的父母罷。老人心中一酸，竟說不出一句話來。

## 江湖無了時

村子裡開始有些話傳了開來，有人在報紙上看到了消息，洪王勝在臺北一家火鍋店開了一槍，打中一個黑道兄弟的左腿，在公開場所洩了自己的底，原來幾年來他就是一個堂口老大的左右手，一個人手裡經常持有兩、三枝槍在壯場子，間或也買賣槍枝，替背後的老大出面做交易，是警方眼中的大隻流氓。

事情敗露了之後，洪王勝就不見人影，帶著跟了他十幾年的同居人四處躲藏，警方曾經幾次在他可能出現的地方設了埋伏，奈何都被他兔脫了。報紙上還登出了他的檔案照片，村子裡的人大大小小幾乎都傳閱過了，確認了他的身分無誤，便交相議論，說見他開著車子從臺北來，在鄉里間招搖，原以為他在臺北發了跡，沒想到這一向他摸的是黑錢，那些在他返鄉時前前後後簇擁著他的竟是些臺北來的兄弟，跟著他的那個染了頭髮畫了藍眼線的女人，也不是他名正言順的妻。

老人把桂竹筍擔到村子裡的菜攤那兒去時，那些平日閒散的漢子便圍上來搭話。「聽說阿勝仔，您三房那阿勝仔出事了？報紙有刊啊，還印了照片，是阿勝仔沒錯。」

老人一時沒能摸清楚事態，張著嘴等待下文。阿勝仔出事了。報紙上說的。出了什麼事？連照片都印在報紙上？

「警察正在找他，講他帶著槍。」

「在臺北開槍殺人，那人同樣是黑社會的，聽說打到腿，人是沒死，但是拿槍這條罪就真夠重了，警察這時正在找人，聽報紙講，阿勝仔跟他那個查某，正在閃避。」

老人這下總算掌握住整件事的前因後果。怪不得他們把一個嬌貴的孩子往他這麼個孤單老人身上推，已經顧不了自己了，那能顧得了孩子？別的親戚一定不敢收那孩子罷？警察上門問話怎麼說？警察問人躲那兒，若說不知道，他們會信嗎？警察若說你連孩子都幫他養了，你會不知道他人去那裡時，又怎麼說？

他有些氣憤，氣那些遊手好閒的人專門打探別人家的事，聽他們議論的口氣，好像興頭很高，就像在看熱鬧。事情出在別人身上就是熱鬧，一邊抽煙一邊研究，你一句我一句，鐵打的名字在人的口水裡泡久了都會生鏽，為了阿勝仔一個人，姓洪的這一門的家風都賠上了。

老人同時有上當的感覺。分明是欺負老人沒用，那麼多親戚他們不去托孩子，就算定他心軟，沒見過嬌貴的孩子，硬生生往他身上推，也不問問他同意不同意，扔了就走，就不怕他束手不管，讓那孩子挨餓受寒。

他不搭理那些閒手閒腳的漢子，挑起了空的菜擔子就往回頭路走。話說多了無益，只會招惹是非，家裡人出了事，別人要去議論，嘴巴長在別人臉上，能拿手去摀嗎？但是自己人也加入議論，豈不是用自己的牙齒去咬自己的舌頭？

阿勝仔出事了。拿槍打人。警察四處要抓他。事情鬧得很大。報紙都印了他的照片。

老人想到一事。原來女人送孩子來的那一次，開那輛紅車子的就是阿勝仔，他故意把車窗都搖了上來，就是不要別人看到他。連他的伯公都不信任，連下車叫聲「伯公」都不敢，看來真的是在走霉運，不敢正正當當走在日頭下。

老人回到紅瓦屋時，孩子老遠就奔向他，手裡握著半根燒糊了頭的蠟燭，「我找到一根蠟燭，在床底下找到的，今天晚上我就要來點。」孩子把蠟燭高高舉起來，笑意都濺入眼中：「我找到一根蠟燭！」

老人摸摸孩子的頭，說：「去看看你的大頭花，發芽了。」老人說的是孩子種的向日葵。

孩子手裡仍然握著那半截蠟燭，一股風般掃向屋角那半爿磚牆下，蹲在那幾株剛剛抽了芽的向日葵前，把頭夾在兩膝中間，仔細審視自己的成績。

老人放下菜擔子，遠遠地望著那神情專注的孩子，那孩子正在檢視由自己手中創造出來的生命，一臉難以置信的表情，他不時拿指尖輕觸那新發的嫩葉，彷彿怕施力太重，那綠芽就會萎死在他手下。

老人決定不告訴孩子有關在村子裡的聽聞。那孩子是看不到報紙的，在這棟紅瓦屋裡不會有報紙。大人的事由大人去擔，孩子用不著去管那麼多。老人把孩子召到跟前，拍了孩子的頭兩下，說：「我看你還是等要去便所時才點蠟燭，那燒不到幾分鐘的。」

孩子半夜跌跌撞撞摸黑起床，氣急敗壞地拔掉廳堂的門閂，忙亂中來不及穿上拖鞋，打著赤腳就投身漆黑一片的前庭，不多久才又拖著困乏的步子噤聲回到屋子裡，如此幾回往返，才驚動早已沈入黑甜之鄉的老人。

老人在黑暗中出聲，試探性地喚孩子的小名，幾聲呼喚向虛空拋擲，無有回應，老人木鈍的心才起了警覺，那孩子出了什麼病恙，三更半夜在沈甸甸的夜色裡打轉？

老人探手摸摸身旁床位，摸到被踢翻了面的被子，孩子不在床上。老人又喚了一聲，這才聽到床腳靠牆地方傳來孩子一陣悶悶的呻吟，那孩子果真出了事。

老人翻身下床，黑暗中只見孩子糊糊的身影縮成一團，微弱的呻吟已經轉成一種抑制不了的啜泣。

老人向孩子探出一手，摸到一隻耳朵和半個發冷的額，這下孩子才放聲哭了起來，雙手抱著下腹，往牆上一靠，把頭貼在冷冰冰的牆上，一面嚶嚶地哭泣著。

房間裡充滿著刺鼻的臭味，是發餿的食物和糞便混合起來的異味。老人抽抽鼻子，對自己嘆了一口氣，那孩子一定是吃壞了肚子。

在老人來不及採取任何行動之前，孩子突然又從潛伏的角落竄出內室，穿過廳堂，一氣奔前院子裡去，他的肚子又開始鬧了。

老人蹣跚著腳步，尾隨孩子步入庭院，藉著稀薄的天光，尋出孩子所在的方向，孩子正蹲在那幾叢山杜鵑之前，伶仃的身子整個地被花叢的暗影吞噬了。

老人不動聲色地在廊前站定，遙遙地對著孩子。這種時辰，除了給孩子添個伴，壯壯他的膽子外，老人一時也尋不出個對策。都市來的孩子身體本來就比較嬌弱，被豢養在一應俱全的小公寓裡的孩子，驟然被遣到這種沒有電、沒有自來水的半蠻荒地帶，再壯實的底子，也要適應不了的罷？快一個月了，他的父母再也沒有回頭來看看他們的嬌兒可吃得了這海邊小山丘上的風沙雨露，他們這般輕率的決定，豈不像是把未經訓練的家畜立即遣到山林去放生。老人對自己搖搖頭，看來這擔子並不是他輕易擔得起的。

孩子肚子鬧過再一回合，身子又虛了一些。他走離小花叢，走到庭院中間，與老人隔著幾步距離時停下來，抱著肚子蹲在廊前的空地，頭勾到胸前，頹然地叫了聲「伯公祖」，又悶著聲哭泣起來。

接近天亮的時候，老人把孩子的身子用濕毛巾擦乾淨，把孩子在床上安頓好，又回到院子翻了些乾爽的沙土，回房間把一地狼藉的穢物打理清楚，再摸到廚房，起火燒了一鍋水，取了一碗，用冷水涼了它，給孩子送到床前。

經過一晚的折騰，孩子已經全身虛脫了，老人餵了他喝幾口溫開水，便讓孩子休息。他就端把椅子坐在床頭，陪孩子渡過這殘餘的夜，一面思索著孩子那一場突發的病的肇因。

是因為那水嗎？那口井老人已經喝了一輩子，打他還是個孩子時，那口井就在那兒，人家都說沙地的水質最好，要養水水的美人兒用的，再說如果問題出在水上面，那麼為什麼孩子一到來時問題沒發生，等喝了它快一個月了才爆發出這樣的問題？

是下午山上摘回來給孩子吃的那幾顆紫黑的桑椹嗎？那桑椹長在矮山上，吃的是雨露山風，都是些成熟乾淨的好果子，況且在那些果子的成熟期，孩子已經連著吃它幾回，每次吃每次都笑逐顏開，沒有理由這一次要特別不一樣，要吃出那場令人失措的大病的。

是晚餐那鍋燉田鼠肉嗎？一開始孩子並不知道他吃的是什麼肉，直讚那肉好吃，吃了一碗再一碗，連平日不愛喝的湯都逼乾了，一面吃一面追問那鮮美可口的肉打那兒買來的？伯公祖是不是下午到鎮上市場去了？為什麼沒帶著他一起走？

他告訴孩子那肉是兔肉，那樣欺騙孩子還是第一次，基於對那孩子本能的了解，老人直覺地認為不能說真話。孩子對吃兔肉並沒意見——當然，孩子在故事書的圖片上看過兔子，認定兔子是一種美麗而又害羞的動物，兼具觀賞與食用兩種功能。孩子的意思老人懂，相處了近一個月時間，老人已經知道如何把國語翻譯成閩南語，也知道如何把童言童語翻譯成成人的語言，兩個人間奇異的雙語溝通，之所以沒有成為共同生活的障礙，所仰賴的是兩人對孤獨的恐懼、對彼此本能的善意、對同宗同姓源自血與肉的親和，和老人與孩子之間懵懂與天真微妙的近似性，這些構成了一老一小共同生活的心理環境的基礎。

有關鼠肉或兔肉這一段還沒有真正結束。孩子在入夜時，還戀著他那幾棵幾乎半人高的向日葵，一日裡不知第幾回跑去探視它們的生長情形，無意間發現了事情的真相。他在那幾叢山杜鵑後面看到一團團被剝得血肉模糊的灰黑的鼠皮、幾根鼠尾巴，和兩隻不及一巴掌大的幼鼠。他認得老鼠，老人帶他下田時還指給他看一隻被困在捕鼠器裡的老鼠做著垂死的掙扎。

孩子引著老人到山杜鵑後那堆物證之前，只說了一句：「我剛剛吃了三碗老鼠肉。」就噤聲不語了。在向晚的薄暮中，老人只見那孩子對地面連吐了幾口口水，摸不清孩子心裡到底是嫌惡還是恐懼。

天亮後，老人找出了一把鋤頭和一把鐮刀，逕往屋後小山上行去，他要上山去尋找幾株老月桃，取些月桃的根莖。

月桃的根莖對急、慢性腸胃炎都有良好的癒合效果，對胃黏膜也有保護作用。老人不懂那麼多醫學名目，但是活了半輩子，總也有些經驗可以援用，打從孩提開始，碰到腸胃方面的毛病，鄉人用的就是這麼一招，從來也沒聽說出過差錯。

## 結局

洪王勝在警方一次大規模的圍捕行動中，在桃園落了網，消息見報後，很快在他家鄉父老兄弟姊妹間傳揚開來，鄉人端出一臉哀矜的神色奔相走告，姓洪的三房裡那個在臺北混流氓的阿勝仔被警察抓走了，人們這麼說著，一面要孩子踩腳踏車到訂報的人家去借報紙來讀個仔細，即使不識字的人也要親眼看到報紙上白紙印的黑字才敢確定。

報紙說警方接到密報，提調了大批人馬，入夜後出動到桃園山區一處養雞場，不發一彈即逮獲了正在裡頭睡覺的洪王勝和他那苦命的女人，結束了兩人近三個月的逃亡生活。

在小沙崙這邊，春天已經把大地讓給聲勢浩大的夏天，幾場淫雨之後，草樹更見活潑盛旺，紅瓦屋後面那幾棵比屋頂還高的蓮霧結了累累的果實，一陣風來就落了一地，叫安成這個生長於都市裡的孩子看了驚心，所幸大自然浪費得起，蓮霧枝頭上的果子永遠比落到地上的還多，安成在腰間綁了一張尼龍魚網，忽忽身子一提，便上了樹，兩下功夫腰間便掛了一魚網青裡透紫的蓮霧滑下樹身。每天早上他總要摘滿一菜擔的蓮霧，跟著老人上村裡的菜攤那兒，跟賣菜的阿龍伯換些時鮮的菜蔬和什貨回來。夏季裡，安成最喜歡的一道菜是冬瓜燉魚丸湯，他把白米飯拌在裡頭，三分鐘不到就能吃掉一碗。

男孩並不能完全懂得老人沈默的愛，但是小沙崙的日子已經不像初來乍到時那般孤寂無味，雖然還是沒有電、沒有自來水、沒有瓦斯爐，但是白日裡充分參與老人的所有勞作，男孩在入夜上床後，也不再有太多的精力用在無謂的恐懼與對過去的懷想上面。倒是老人深深戀著孩子的童顏與歡笑，有時出門回來，不見孩子在屋裡，心裡會突然空了一下，總是引著嗓子屋前屋後喚孩子的名字，唯恐那美麗的娃兒就此立地遁身，不見了蹤影。

向日葵已經長得跟男孩一樣高，莖頂開著豔黃的花頭，隨著日頭的移動而傾斜，老人總覺得那花鎮日裡都對著太陽笑。男孩喜歡那些花兒的理由比較缺乏神祕色彩，他喜歡它們，單單就因為那些花兒是他的，他從種子之中創造出綠色的葉與金黃的花，它們是他的，他對它們本能地產生一種依屬與相親之感。

老人一直隱瞞著阿勝仔與他的女人落網了的消息。活了八十歲，他仍然覺得自己智慧不夠。生活裡有許多事情叫他困惑，難以做出決定，就拿那個闖入他生活中的孩子來說吧，那孩子到底懂多少？該懂多少？忍受過多少挫折？又能再忍受多少挫折？這一大串問題困擾著他，他永遠也找不到答案。他把孩子喚到跟前，拿手輕輕碰觸孩子的額，說：「你可有思念阿爸阿母？」

孩子點點頭，眼光飄落在自己絞在一起的手指上。老人兩手握著孩子瘦實的肩膀，又問：

「阿爸阿母都沒回頭來看你，你想怎樣？」孩子的頭勾到胸前，兩顆眼淚迅速劃過面頰，流滴到衣襟，他的聲音穿過一陣突發的啜泣，破破碎碎地出來：「他們不會，不會來帶，我，回家了，他們，他們被警察抓，抓走了，警察已經抓到他們了，他們，他們，被警察關起來了。」

老人放開孩子，頹然地靠向椅背。那麼，孩子是聽到整件事了，十歲大的孩子在面對這樣大的變故時，也能維持住沈默嗎？每個心靈都是個謎，老人再一次喟歎著人生的玄妙。

隔些日子，老人與孩子走向向日葵生長的地方。那些花兒很難看，斷了氣的頭古怪地歪向一邊。花莖中空乾縮，花頭垂折。老人用鐮刀割下一個又一個葵花頭，遞給孩子，孩子兩手提著花容零亂的向日葵頭，感覺它們比想像的重得多，他用指尖撥開萎死的花瓣，翻出一行又一行密密排列的葵花子，剝了一些放在手掌心，難以相信眼前那些黑白斑紋的花子，就跟幾個月前他埋到土裡去的那些種子一樣。一顆種子變成這麼多？一顆種子怎麼會變出這許多？

老人望著跪在地上挖葵花子的男孩，臉上浮起一朵緩緩的笑。他計劃這個秋天給男孩買輛腳踏車，買一個書包，也許也該為這棟紅瓦老屋引電來，裝幾盞電燈？聽說點蠟燭看書會傷眼力的，他可想像不出男孩戴上近視眼鏡的怪模樣。

# 曾經

屋子收拾得很乾淨，看得出來是出自一個勤快、有效率的主婦的手筆，然而太乾淨了，反倒缺乏一些鮮活的人的聲息。雪文獨自坐在一室靜寂的空氣中，突然被一種無名的寂寞攫住。這是一個沒有男人、沒有小孩的家。

這屋子的女主人從廚房走出來，遞給雪文一杯冰開水，歉然地說：「我好幾天沒上菜場了，冰箱裡什麼也沒有。」

雪文接過沁著水珠子的杯子，眼光越過杯口，回到婦人臉上。那婦人正微偏著頭，彷彿在聆聽遠處街頭上傳來的叫賣聲，蒼白的臉隱隱露出一種空茫的神色，因為瘦，更流透出一股屬於年老女人特有清寒孤寡的樣態。雪文輕輕喚她一聲：「阿姨，妳瘦了許多。」

婦人本能地用掌心握住自己的下巴，露出一個淡然的微笑，說：「這幾年開始瘦了下來，從前年輕的時候拚命減肥，現在想增加一點肉比登天還難。我們有多久沒見面了啦？」

「十四年，十四年多。我出國十三年，回來也一年多了。爸爸住院，幾次回來都沒碰到妳。」

婦人垂下眼睛，頭微微偏向窗外。

雪文知道自己正講到她的傷心處。父親住院以後，整個人慢慢地痴了呆了，全做不了主，大哥為了就近照料，辦了轉院手續把他移到臺北的醫院去，也是想趁機斷絕父親跟「那個女人」的關係。隔段時間，父親身體清朗了一些，央求著要回家，大哥不斷以各種理由搪塞敷衍著，直至最後，那病弱的老人趁著子女不在醫院的時候，暗自打理了自己的行李，包了一輛計程車返鄉，到了家後才打電話通報行蹤。大哥掛了電話，漲紅著臉對下頭幾個早已做了人妻人母的妹妹叫：「他就是拎了半條命，也要回到那個女人身邊去。」

婦人回過頭，對雪文說：「樓下有人賣愛玉冰，妳小時候最愛吃的，想不想吃？」臉上帶一種奇異的、難解的微笑：「我去買。」

雪文沒有攔她，她到廚房去帶了一隻大碗，便下樓去了。雪文望著她的背影，發現她仍然是一個非常美麗的女人，腰桿挺得筆直，窄裙下面是瘦削結實的臀部和一雙白淨纖細的小腿。她多大哥三歲，剛剛好滿六十歲。

雪文站起來，在屋子各處轉了一圈。這個屋子一直維持原樣，跟她記憶中的沒有多少出入。小時候父親經常帶她上這兒來，就只肯帶她一個人來，上樓梯之前總是蹲下來，說：「雪文，爸爸背妳上去。」樓梯窄小陰暗，大白天裡也像一張深不見底的大口，父親大手握住她的屁股，一蹬一蹬地上樓去，上到三樓，總是一邊叩門一邊叫：「老么來了，老么來了。」同時不忘回頭囑咐她：「老么，記得叫阿姨。」

門打開了，陽光嘩然一聲瀉入眼底，門後面站著一個年輕的女人。女人探手掐掐她的臉頰，笑嘻嘻地說：「老么不害臊，這麼大了還要人背。」然而她一直是個受歡迎的小客人，在那個乾淨明亮的屋子裡像在家中一樣心安，夏天她總是坐在廚房裡那把為她準備的小板凳剝荔枝吃。她比兩個大人想像的懂事些，他們儘量不在她面前談心底事，然而她總是解得了他們之間的語碼。那時她九歲，唸小學三年級。

有一個晚上父親跟幾個朋友出去吃了酒，轉回家裡去，發現孩子都各自收拾乾淨睡覺去了，便拉上房門悄聲走出去。她一翻身從床上跳下來，踮著腳尖跟著父親一路走，父親停在巷口的小店買酒，提著酒出來的時候，一眼看見躲在牆角的她，一句話也沒說，便探過手來抱她。她把臉貼在父親的臉上，汲飲父親鼻息之間透出來的濃濃的酒氣，父親像石英砂紙般的腮幫子摩擦著她粉嫩的臉頰，使她整個人從迷濛的睡意中清醒過來。

父親上樓的時候，照常把她背在背上，到了三樓，大巴掌猛力拍門，用重濁的聲音叫：「秀偉！秀偉！秀偉！」父親喝醉了，語氣漸漸顯得不耐。

年輕的女人披瀉著一把過肩的長髮來開門，一面把一個剛剛成形的呵欠揉碎在臉上，她看到趴在父親背上的雪文，輕輕地斥了一句：「三更半夜喝得醉醺醺的，孩子早該睡覺了吧。」

父親把她放在客廳裡，一逕跌跌撞撞地向廚房走去，「她跟了我一路，瘦伶伶的可憐兮兮的沒娘的孩子，跟我一樣害失眠，我只好把她帶來啊。」

之後父親對著廚房的水槽猛地嘔吐起來。那麼一個大男人屈著身子，雙手捫住心口，摧肝裂膽地湊在水喉下嘔吐，看了教她驚心，她沒來由地哭了，眼淚掉了一臉，卻悶住聲音不敢張揚，整個人貼住客廳通往廚房的那面牆，乾巴巴地望著父親湊在水喉下清洗自己。

秀偉似乎不忍了，從浴室裡拎了一條濕毛巾出來，把大塊頭的父親逮入懷裡，替他把臉擦淨。父親乘勢把頭靠在她肩上，雙手鎖住她的腰，待秀偉歇手時，父親身子一軟，整個人跪倒在她面前。她聽見父親哽咽著聲音說：「那個大的鬧著要離家，大學也不想考了，鬧了一天，我氣不過，賞了他一個巴掌，他握緊拳頭，手舉得老高，想還手，半天才放下來。」

秀偉沒有說話，她已經把頭髮紮成一條馬尾，垂在背後。她扶著父親，把他送到臥房，讓他平躺在床上，卻一眼看見父親那雙泥污了的腳，用巴掌大力地刷了一下，說：「都是半個老頭兒了，還像個小孩似的。」

父親拉住秀偉的一隻手，存心耍無賴：「妳要現在幫我洗腳，還是明天洗床單？」

秀偉坐在床沿，捏捏父親的鼻子，說：「我欠你的嗎？落得由你來給我出題目。」

「妳欠我，怎麼還也還不完，不然一個年紀輕輕的小姐，要來服侍這個半糟老頭兒？」

秀偉從臥室出來，到浴室去打一臉盆的水，人還沒到臥室門口，就看見父親歪個身子趴在床沿，對著地板嘔吐，待秀偉回過神來時，只見一地板夾著腥臭酒氣的穢物。她恨得跺腳：

「你這個糟老頭兒，存心糟蹋人，你為什麼不在自個兒家裡鬧酒瘋，讓你那群寶貝兒子女兒來服侍你，你就是怎麼忍也要忍到這裡來，來折磨我。你煩你就喝酒，我煩你是不是叫我去跳樓？」

跺腳罵完了後，秀偉開始哭起來，人就坐在臥室的地板上嚶嚶地哭泣著。父親不忍了，蒼白著一張臉從床上跳下來，奔到屋後陽臺去，找了一支拖把進屋子，開始悶著聲音拖地。秀偉哭到一半，突然噤聲了。她跳起來，搶過拖把，開始收拾一屋子的殘局，父親像個犯過的小孩一樣，坐在床沿，木楞楞地看著秀偉清理他吐出來的穢物。

秀偉把房間收拾乾淨，開了風扇驅除一室的穢濁之氣，緊跟著把父親揪到浴室去，放水清理他，浴室門重重一壓，兩個大人把自己關在裡面，完全忘了雪文的存在。

雪文摸回客廳，把自己安置在那張棕色塑膠皮的沙發椅裡，靜靜地諦聽夏季夜晚的聲音。她感覺寂寞，臉貼著塑膠椅面，細細數著自己的心跳聲，藉由自己的心跳來計算時間，然後在疲倦中睡去。

那年她才九歲，但是夏天過完她就要升上三年級了。她不愛上學，每天早上總是背著書包跟在上頭兩個姊姊後面到學校去，等到她們各自進入教室後，她才往回頭走，垂著頭一路疾行，踩著慌亂零碎的步子回家，一頭鑽入自己的小床，一聽到屋外有任何聲息，便快速地躲入背著臥房木板門的那口大衣櫥裡面去，直到確定外面沒有動靜，才從衣櫥裡出來。有時候逢上父親上班中途回家，她在衣櫥裡一躲就是一整天，衣櫥裡又黑又熱，蒸出一身汗水，整個人昏昏沈沈，醒著時也像是在作夢，她總是不斷地拿衣櫥裡垂下來的衣服來擦汗，有時候她會扯下一兩件來當被子蓋，枕著書包躺在衣櫥裡睡一覺。

母親在她七歲那一年發生車禍過世了。在印象中，雪文只記得母親被裹在一張大草蓆裡面，上頭一個哥哥四個姊姊團團圍住那張沾著黑褐色血跡的草蓆死命地哭叫，父親摟住她，把臉貼住她的臉，破破碎碎地說：「雪文沒有媽媽了，雪文沒有媽媽了，可憐的老么，沒有媽媽了。」雪文非常非常害怕，馬路上兩頭被圍住了，但是圍不住人群，他們都是鎮上的居民，雪文認得其中大部分的臉孔。她把臉藏在父親的胸膛裡，但是擋不住人的聲音，她聽到有個婦人說：「可憐哪，留下六個孩子，一個比一個小，最小的還沒上小學呢。」

那個時候父親開始喝酒。父親是小鎮裡小學的校長，總是跟著家裡底下三個孩子一同上下課，學校的老師逢人便說：「周校長真了不起，父代母職，孩子一個個收拾得乾乾淨淨的，日子也過得很平穩，老大去年考上臺中一中，已經是個小大人了，底下五個女孩都很乖巧聽話，大的照顧小的，沒娘的孩子總是比較懂事，家裡弄得妥妥貼貼的。」

但是不完全是那個樣子。老大雪行上臺中一中，迷上武俠小說，一肚子的不合時宜，初二的時候就停止長高，身高一直停頓在一百六十五公分，卻一路橫向發展，只見脖子、胳臂、大腿一圈圈地長，青春痘冒了一整張臉，鬍子兩天不刮，就是一個樣板通緝犯的模樣，每週回家一次，總是一頭鑽進自己的房間再也不出來見人。他長得像母親，短小精悍，烈火脾氣，對下頭幾個妹妹過的日子不聞不問，倒是常常批評她們看的小說和聽的廣播劇，他總是搖頭歎息，一疊聲地說：「不長進啊，沒品味，到現在還時興這個調調，被人家牽著鼻子走還不知道，真是的。」

老二雪青唸初三，長得像爸爸，細長的手腳，平整寬闊的額頭，瘦實挺直的鼻樑，配上豐厚、唇形明確的嘴，是個新式的美女。她開始讀徐志摩和王尚義，偶爾寫一兩篇散文投到縣青年去，拿到稿費就請同學到冰菓室去吃紅豆冰，偶爾買幾本童話送給底下的妹妹，有時候也缺課，學校的老師做家庭訪問，問到「是不是有個妹妹先天性心臟病，時常發作？」做父親的才知道雪青逃學的事情。原來雪青約會去了，對象是個省中的學生，兩個人一本《徐志摩選集》傳來傳去，底下幾個妹妹當信差，裡頭夾帶中、英文交雜的情書，後來父親扣住了一封，讀過之後，把雪青喚到跟前，揚揚手中那張水藍色的信紙，說：「他一封五百字不到的信裡，一共有六個錯別字，國文程度實在太差了。」雪青陰著臉還了一句：「爸爸不尊重年輕人。」

老三雪明唸初中一年級，還是半個小孩，天生霸氣，蠻橫久了，一家也就習以為常，平常除了指揮下面三個妹妹給她打雜辦事外，舉凡家中多了些童玩零嘴，悉數由她發派，連她上頭那個姊姊雪青，都要讓她三分。

老四雪召與老三雪明只差一歲，唸小學六年級，她與老大雪行一樣，相貌與體型都比較靠向母親那一邊，是那種厚實木拙的孩子，閉口不說話的時候，立刻就是一副賭氣的樣子，但是她安靜，功課又好，在家中活像一件會走動的家具，教養起來最不費力氣。

老五雪丹上小學四年級，伶俐精明，小小年紀就懂得認同權術，自小跟老三雪明就是一路的，但是她不像雪明那樣剛烈鋒利，碰上阻力與挫折總是很快就萎縮、退卻。

老么雪文剛剛上小學一年級，是個漂亮的小娃兒——漂亮得令人心折，如果天使也有肉軀，大概就應該長成那個模樣。雪文喜歡小動物，老是撿回一些沒有人要的小貓、小狗，屋前屋後為牠們造窩，為牠們除蝨子、洗澡，把食物攞進果汁機裡打成漿狀餵牠們吃，睡覺的時候總是選一隻乖馴的帶上床去，但是她畜養小動物的癖好牴觸了同一個房間睡的雪明與雪丹，那兩個小姊姊總是編排各種理由來阻擾她，她們刻意查尋那些小動物的破壞事例，指證歷歷地控訴牠們的罪行，就是容不下牠們在這個屋子裡生存。為了捍衛那些小寵物，雪文表現出屬於孩童的驚人的意志，她沒有正面與姊姊衝突，只是更謹慎更機敏把活動範圍由室內轉向室外，三餐定時從餐桌上走私糧食去餵她的那些貓兒狗兒，甚至為牠們安排了祕密的匿身處。

但是那件暴行發生後，雪文就不再養小動物了，她開始逃學，躲開學校也躲開家人，一找到機會便把自己藏匿起來，徹徹底底在人前隱身遁形。

事情是這樣子的，有天黃昏雪文照舊潛到校舍外圍的那個防空壕去找她那隻已養得皮毛閃亮的土種小黑狗，但是她的呼喚卻落了空，折身回家的路上，發現雪明與雪丹神色詭異地相互商議著，雪文心中突然有種不祥的預感，她慌了起來，叫喚的聲音裡多了一層焦慮，她雙手在嘴巴前圈起一個擴音筒，一次又一次地喚著：「小黑、小黑、小黑」但是小黑依舊不見蹤跡。雪丹心眼兒淺，對妹妹招招手，說：「雪文妳不用再找了，小黑已經走了。」

雪文知道無法從雪明與雪丹那兒找出小黑的下落，匆匆瞥了兩個姊姊一眼，拔腿便跑出校門，她腦中閃過許多可怕的念頭，最後認定小黑已經被雪明與雪丹抓去丟掉了，但是她不管那麼多，她下定決心去把小黑給追回來。

事情比雪文想像的更恐怖。天黑的時候雪文在鎮上那家香肉店發現已經被屠殺了的小黑，小黑像被剝了衣服的嬰孩一樣躺在店門前那口大爐子旁，地上是一堆沾了血的黑毛。雪文掉了魂似地反反覆覆檢視那具狗屍，不能相信自己眼睛所看見的景象，半晌才驚覺過來，搗著臉一路哭回家。

那晚雪文沒法子吃飯，父親看見那孩子屈著身子趴在小床上，原以為她病了，伸手探她的額頭時，卻見她眼淚像斷線的珍珠似地一顆顆滾落臉頰。他把孩子抱在懷裡細細探問原由，半天問不出一個答案來，只好把上頭那幾個女孩召到跟前，讓她們幫忙推敲原因。

還是雪丹守不住口風，她望著成了淚人的小妹妹，板著聲音說：「街上那家賣狗肉的人來把妹妹的小狗抓去殺了。」

這下父親的臉色完全變了，他放開雪文，一把抓過雪丹，陰著臉問：「他怎麼跑到學校來抓小狗？」雪丹被父親的怒容嚇得失去了主意，立即就招供了：「是姊姊，」她指著雪明，「是姊姊答應把小黑送給他的，姊姊說小狗會傳染疾病，人被傳染了會得恐水病，會口渴得死掉。」

雪文連著好幾天發燒嘔吐，睡覺時發噩夢，囈語著醒來，弄得一家上下心神不寧，病好了之後還是恍恍惚惚的不著魂，爸爸疼惜她，怕她又讓姊姊欺負，讓她搬出雪明與雪丹那個房間，跟他一起睡一張大床。雪明與雪丹鬧了那件事以後，對父親突然生出了一些畏懼，應話的時候總是低著頭，兩個原本活潑喧囂的孩子，一時之間變得安靜起來。

父親喪偶那一年才三十九歲，正值年富力盛的階段，有些親戚朋友見他一個大男人要帶排起來階梯也似的六個孩子，十分不忍，熱心地幫他找能談論婚事的對象。有個三十一歲離了婚的婦人，長得十分豐實嫵媚，也受過教育，在鎮上一家客運公司當會計，算是個新派的女性，父親在安排下與她吃了幾頓飯，還到外地去看了一場小林旭主演的日本電影《流浪的吉他》，看起來兩人是鑾貼合的，但是認真地談起結婚的事情問題就來了。那婦人生了兩個孩子，堅持不肯把孩子讓給她那個嗜賭如命的丈夫帶，父親最後一次與她碰面，在送她回家的路上，對她提出一個自己也解決不了的問題：「我有六個孩子，妳有兩個孩子，如果我們結婚後，又有了我們的孩子，將來光是教育費就很可觀了，學校給我的宿舍也不夠大，住不下這麼一個大家庭，我那些孩子也是一大堆麻煩，一個比一個主意多。」父親的意思是要對方放棄她那兩個孩子的扶養權，同時答應就此不再生孩子。那女人回他：「你愛你的孩子，難道我就不愛我的孩子嗎？」她只差沒告訴他，他是個絕頂自私的男人而已。

雪文升上小學二年級那年，學校來了個新的女老師，師專剛剛畢業，開學之前幾天就住進學校的單身老師宿舍，有一天父親請她到家裡來吃晚飯，她在黃昏的時候就過來，發現校長原來是個父兼母職的鰥夫，膝下是一群不更人事的孩兒，微微吃了一驚，接著主動提議由她掌廚，原來熱心趕來幫忙的那個老工友，倒成了她做飯的副手，在她細聲細氣的指揮下，幫著撿菜、遞碗盤。

那一餐吃得很愉快，兩個大人加上五個女娃兒把餐桌團團圍住，客人應主人之請，大方地陪著喝了幾杯酒。主人就座中的孩子按長幼順序唱了一次名，簡略地介紹給客人，再補充一句：「老大雪行是男生，唸臺中一中，寄住在他一個同班同學家，今年升高二。」

客人遠遠望了掛在客廳牆上那幀女主人的遺照一眼，下了個結論：「老四，是雪——雪召吧？她長得最像媽媽。」雪召停下筷子，靜靜望了新來的老師一眼，說：「哥哥更像，大家都說哥哥長得最像媽媽。」

隔天是開學日，雪文到學校去，發現那個新來的女老師正是她的級任老師，中午回家時，興奮地告訴爸爸：「謝老師教我們那一班，她叫謝秀偉，她唱名的時候叫到我，跟全班同學說我是她到明倫國校來最先認識的一個小朋友，有個同學就說因為我是校長的孩子。」

那年謝秀偉二十二歲，是全校最年輕最美麗的女老師，她的皮膚白皙，夏天的時候兩個臉頰微微泛著兩抹紅暈，笑起來鼻子皺皺的，還沒完全脫掉孩子氣，也因此全校的學生都喜歡她，大家都聽說她訓話訓到一半會忍不住發笑的事。有一次雪文在睡覺前就跟爸爸說：「今天有個男生肚子痛，第二節上課的時候舉手跟謝老師說他想回家，謝老師送他到保健室，下課的時候我隔壁的同學又跑來告訴謝老師，說他在福利社吃冰棒，同學說他並沒有肚子痛，他騙謝老師，第三節上課的時候，謝老師就跟他說，張明順，張明順是那個肚子痛的男生，謝老師說張明順，冰棒並不能治療肚子痛，全班的同學開始笑張明順，謝老師又說，張明順，下課後請你找一個同學跟你講國語第二課的內容，明天請你早一點到學校來，知道為什麼嗎？謝老師要考張明順第二課。」

謝老師顯然最偏愛雪文，她讓雪文到她的宿舍去，當她批改作業的時候，她讓雪文坐在她的鐵架床上看故事書，雪文先後讀了《愛的教育》、《天方夜譚》、《金銀島》、《成語故事》、《少年科學一千問》、《基度山恩仇記》和許多本各國童話。上說話課的時候，謝老師就讓雪文第一個上臺，搬把椅子讓她坐在講臺上給小朋友講一段故事。雪文有很好的敘事能力，當她講到《天方夜譚》中辛巴達七航妖島那一段時，她會用「像一架飛機那麼大」來形容辛巴達遇到的那隻大鵬鳥，至於大鵬鳥的蛋呢，雪文會說：「就像我們這個教室一樣大，當然啦，蛋是圓的囉。」來交代。

二年級那一年雪文幾乎都沒有逃學，但是她的快樂童年結束得太早，首先謝老師不再到她家來煮飯、吃飯，接下來，謝老師也不太讓雪文到她的宿舍去玩，謝老師變得不愛笑，除了上課，也不太愛說話，並且經常請假。謝老師請假的日子，雪文跑到她的宿舍去，只見她的門上了鎖，住她隔壁的另一個女老師總是會探出頭來張望，她是雪丹的級任老師，有一次雪文聽見她跟另一個教高年級的男老師說：「謝秀偉這樣下去會毀了她自己的前途，周校長應該是個知道利害關係的人，怎麼這樣的事情還是發生了。」

雪文不知道到底發生了什麼事情，只知道發生的那件事關係著父親與謝老師。那一定是一件非常嚴重的事情，所以才到處聽見大人們咬著耳朵低聲地談論著。唸初中的大姊雪青有一天晚上一面洗著碗，一面就流起淚來，對著站在一旁的妹妹雪明說：「話現在傳到我們學校去了，就是張美幸那幾個大嘴婆。那個謝秀偉真是把爸爸害慘了，人家說會被檢舉的，向縣教育局檢舉，就會派人來查，如果真有這種事情，爸爸就慘了，校長沒得幹，說不定還要坐牢呢。」

雪明一向有見識，什麼都懂得，附和著姊姊說：「這叫行為不檢，為人師表行為不檢。人家說那個姓謝的——謝秀偉可以當爸爸的大女兒呢，會惹人笑話的。」

「妳說我們該不該寫信告訴哥哥？讓哥哥回來跟爸爸說？」雪青問雪明。

當晚兩個大女孩就動筆寫了一封連著好幾頁信紙的長信，隔天讓雪青上學時帶著去投郵。隔兩天在臺中唸書的雪行就趕回家裡，雪行鐵青著一張臉，進門第一句話便問：「爸爸呢？」底下五個妹妹先是為他那個陣勢駭了一下，老二雪青淡然地聳聳肩：「不知道，可能是去找那個姓謝的狐狸精了。」

雪行把五個妹妹召到飯廳，讓她們圍著那張大圓桌坐好，然後開宗明義地宣布：「妳們一定要跟我合作，他是我們的爸爸，我們要想辦法救他，我們不能讓他這樣子完蛋掉，妳們都還小，不知道爸爸面對怎麼可怕的陷阱，他這樣下去，會毀了我們一家人。」

雪青、雪明哭了起來，雪召睜大眼睛望著哥哥，雪丹不一會兒也跟著掉淚，哀淒的氣氛越來越熾，雪行突然雙手蒙住頭嗚咽起來，這下子把雪文嚇著了，她感覺大事臨頭，然而自己完全不懂得，看著上頭的哥哥姊姊哭成一團，一下子慌了，眼淚竟不聽使喚地流了出來。

雪行首先停止哭泣，他大手一抹，把眼淚擦乾了，用厚實、低沈的聲音說：「哭有什麼用，事情還是要辦的，我先去把爸爸找回來。」

雪行出門去，雪明問了雪青一句：「妳想爸爸到那裡去了？」雪青用手背擦掉臉上殘餘的淚珠，再度聳聳肩，說：「我怎麼知道。」

雪召回到她房中去做功課，雪丹傍著兩個大姊姊留在餐廳裡，雪文一個人回到她跟爸爸共用的房間，坐在大床上，開始回想謝老師說過的每一句話。她沒來由地想到一件事，想到幾天前謝老師送她回家，一路牽著她的手，她緊緊地靠著謝老師，可以清楚地嗅到謝老師身上那種香柔柔的肥皂味兒。謝老師在她家門口停下來，問：「姊姊她們在家嗎？」她望望屋子，回答：「姊姊都出去玩了。」謝老師鬆了她的手，說：「姊姊她們一定不喜歡謝老師，對不對？」

那個晚上老大雪行在客廳跟父親談判，幾個妹妹各自躲回房中，當爭執的聲音逐漸高亢起來時，雪青、雪明、雪丹都從房間跑出來，聚在飯廳通往客廳的通道口，雪青先哭起來，雪明、雪丹跟進。緊接著，父親大吼一聲：「通通給我去睡覺。」那一聲斥喝把三個女孩都趕回房間去，但是雪行不同，他是兒子，長了鬍鬚，眼看就要成年，他是這個家庭唯一夠資格的在野黨，如果不發言，不表示反對派意見，則父親將會就此一意孤行下去。「爸爸，你也要替我們想一想，那個女人只不過大我三歲，老實說，我稱她一聲姊姊都可以，這樣下去我們這個家能不能維持，都是個問題。」雪行這段話先前已經在幾個妹妹面前演練過了，這一番說來，熟極而流，格外像是通俗家庭倫理劇裡的臺詞。

那個做父親的被這一句話擊倒了，他望著老大雪行，突然僵住了，像是在沈思，也像是在發呆，半晌才說：「雪行可以去睡覺了，學校那邊可不要無緣無故請假，功課要緊。」

雪文升三年級時，謝老師拿到了一張醫師證明，父親對幾個孩子說了一個很難懂的醫學名詞，解釋謝老師因病離職的原因。但是謝老師並沒有脫離這一個家庭，她辭去了教書的工作，在鎮郊租了一層公寓房子，從此成了周家六個孩子口中的「那個女人」。

謝秀偉是花蓮地區一個小布商的長女，長得標緻溫婉又愛唸書，在她那個僻遠的家鄉，是很多年輕男子憧憬的理想女性，然而脫離學校沒兩年功夫，就在另一個遠離故鄉的陌生地折了翼。謝秀偉與任教學校中年喪偶的校長鬧戀愛的消息輾轉傳回她的家鄉，她父親曾揚言要到縣教育局告周校長，謝秀偉連夜趕回家裡去，隔天回到學校，只留給周校長一句話：「我爸爸再也不認這個女兒了。」她哭了好幾天，每天上課之前都得用冷水敷臉敷上老半天，才能勉強消滅哭泣的痕跡。

那個年頭似乎沒有什麼人懂得一個烈性女子義無反顧的情愛。謝秀偉在學校裡沒有任何盟友，她只是用堅若磐石的沈默來抵制所有利如刀刃的白眼與冷語，她在校園裡遠遠看見周校長經過，總是下意識地閃躲到花樹後面，然而她的眼光一路追隨著他，直到他完全走出她的視界，她花蓮家鄉的老父大概害怕事情鬧大變成醜聞，也可能在等女兒自己回頭，他一直沒有到教育局去檢舉周校長。

然而周校長六個孩子態度反而比大人強硬，除開最小的雪文之外，上頭五個在大哥雪行的心理教育之下，組成一個牢固的聯合戰線，連一向老成、內向的雪召，有一天也對父親說：「爸爸，我們都這麼大了，你做什麼事也得為我們想想啊。」做父親的突然感覺小孩子是很可怕的，生得了他們的人生不了他們的心。於是這個寂寞的中年男子在一堆自己生的毛孩子帶著精神制裁的眼光中逃出家門，逃到秀偉為他準備的另一個安全、溫暖的小窩去。

秀偉一直沒有找事做。那個年頭，在一個大部分居民都務農維生的小市鎮裡，一個受過教育的女人反而沒有了作為。她像一隻斷了翅的鳥兒，被豢養在那個簡陋老舊的小公寓房子裡，她不是一個索求很多的女人，她要的只是那個高大、英俊、寂寞、逐漸把自己丟擲在酒精裡的男人而已。

父親在秀偉那兒酒後嘔吐那一晚的隔日，一早回到家裡，便發現老大雪行留下一封信，離家出走了，雪行在信中詳述喪母之痛，然後決斷地告訴父親，「如今我們連父親也保不住了。」信寫到最後甚至揚言「除非父親回頭轉意，否則我將不再踏入家門一步。」那晚父親到鎮上去找曾經在雪行初中時擔任過他的班導師的老朋友吳三經，共同尋求對策，吳三經跟那個全沒了主意與權威的父親說：「雪行的個性我了解，這個孩子這麼一走，大概很難教他自己回頭。多留意那幾個大女孩，也許她們會知道哥哥的去處。」

父親與吳三經一起喝掉幾瓶五加皮，突然涕泗縱橫，像個孩子似地趴在餐桌上哭泣，嗚咽著對吳三經說：「秀偉是有決心要跟我一起過日子的，這件事本來也沒什麼不對，我們如果正正當當地結了婚，生活在一個屋子裡，兩個人都有一份工作，她是老師我是校長，誰也不能多出一句閒話來。偏那些個翅膀都還沒長硬的孩子有意見，他們老頭除了要當老師當爸爸外，也還是個人啊，也需要一個伴啊。」在昇平的歲月裡，那席話聽起來是一個男人最慘痛的告白，吳三經當然懂得，他一面安慰相交半生的老友，一面忍不住也愁腸百結起來。

但是他的孩子不懂，他們一意沈溺在準孤兒假想的哀愁裡，再無餘裕去領會父親的精神困境，他們從廉價的小說及電視連續劇中拼湊出一幅理想父親的圖像，凡是與那個圖像相牴觸的枝枝節節，小手便揮出巨斧一一砍掉。

半年後雪行回家了。他曾經在中壢專做石棉瓦的工廠當過臨時工，也在桃園火車站前當過流動攤販，賣一些當令的水果，後來又轉到一個公有市場去賣香腸與魚丸，收入永遠只夠養活他自己，長期的體力工作下來，原本短小厚實的身子突然拉長了，臉上的青春痘因為戶外充足的陽光，也從臉上絕了跡，雪行變成一個俊俏的青年男子，甚至開始有幾分肖似一向有美男子之稱的父親了，然而雪行個性卻比以往還要陰鬱，他仍然不喜歡秀偉，他把半年多來在外面吃的苦頭全部算在「那個女人」頭上。但是他變換了戰略，採用冷戰方式，幾個妹妹還是他對抗父親的籌碼。

直到雪行回家幾個月後，做父親的才搞清楚逼使那個倔強的大孩子走回家庭的原因。原來雪行被一個江湖郎中拐去賭博，非但賭掉身上那筆做生意的薄資，也欠下莊家一屁股賭債，雪行估量，以他那樣做小本生意的收入，為還那筆債大概得賠上他好幾年的青春，在一番盤算之後，他決定一走了之，而回家是唯一的一條路。

臺中一中回不去，雪行只得在家鄉附近的省中完成最後一年的高中學業，本已嫌窄小的家，又重新擠回一個大手大腳的男孩子，更顯出一種逼人的壓迫感。那場家庭革命方興未艾，幾個孩子都有高昂的戰鬥意志，只有雪文仍然還停留在她清寂的童年階段。

雪文喜歡謝老師——後來她改稱她做阿姨——雪文把她路上撿到的小貓小狗都移到阿姨那兒去，也把她童稚的愛與夢栽植在那個小公寓房子裡。然而年少的歲月疾如流水，她站在這個瀉滿陽光金塵的房子裡，客廳裡那套塑膠皮沙發換成四張籐編的涼椅，小飯廳裡仍然擺著那張父親自己做的原木實心餐桌，她小時候坐的那把凳子放在廚房牆腳，上面擱著那個都已長滿瘡斑的大同電鍋，然而中間已流過三十幾年的歲月，甚至連注進這個房子裡的陽光都緩了、疲了、老了。

雪文回到客廳，在那張小茶几下發現了幾張父親生前的照片，其中有一張是全家福，那是母親發生車禍那年的冬天照的，那是舊曆年過年前幾天，父親為六個孩子採辦了過年要穿的新衣服，新衣服穿在身上，節慶的意味突然濃了，頓然把一屋子喪弔的氣氛逼淡了，父親一時竟滿眼清淚，眼淚後面一臉哀矜。然而他很快堆上一個笑容，說：「爸爸帶你們到照相館去拍照吧，今天全家都穿新衣服，全校園裡最漂亮、可愛的孩子都在我們這一家了。」那年父親三十九歲，寬廣的額頭、濃烈的眉目、挺直瘦實的鼻樑、闊而方的唇，他是一個相貌堂皇的美男子，而主要的魅力所在，正是他對自己威儀、美貌的缺乏自覺。

一開始謝秀偉愛戀的大概是他的美貌與威儀吧？但是那種對皮相的愛戀如何能持續上半生時間？最後幾年父親一直為糖尿病所苦，糖尿病之外又有嚴重的血酸現象，整個人浮腫得像灌過水似的，是個蹣跚肥胖的病弱的老頭兒，身體不清朗，脾氣也跟著躁了。陪伴著他的也只有那個為他葬送半生青春的女人，而她從他那兒什麼也沒有得到，沒有承諾、沒有名分、沒有下半生生活的保障，甚至沒有一個孩子。

雪文把照片擺回原來的位置。就在早上，他們為老人舉行了葬禮，儀式開始之前，老人生前最要好的朋友吳三經點醒老大雪行：「應該去請謝小姐過來吧？」三十幾年來他一直用「謝小姐」來稱呼老朋友那個沒有名分的女人。雪行沒想到會有人跟他提那個問題，一口回絕了：「她來了算什麼身分呢？她什麼名分也沒有。」老人過世得太突然，什麼話也沒有留下來，雪行事後曾跟幾個長輩商量過，將提出一筆錢來給謝秀偉安頓她往後的生活，算是謝她在父親生前代替子女照料他的心意，然而雪行始終就沒有答應讓「那個女人」來家裡參與料理後事。

客廳通往外面的木板門開了，秀偉拿著一隻空碗回來，雪文從椅子上站起來，擠出一抹微笑說：「妳那碗愛玉冰買了快兩個小時了，還是帶著空碗回來。」秀偉看看手中的空碗，眼淚突然來了，她把碗擺回碗櫃裡，順便在水喉下洗手，拿背對著雪文，她不讓雪文看見她在哭泣，然而雪文望著她顫動著的肩膀，知道她是在做滅跡工作。雪文走向秀偉，從背後緊緊抱住秀偉的腰。

秀偉這下子情緒完全決了堤，她雙手蒙住臉，聲音穿透破破碎碎的啜泣而出：「我剛剛去看妳爸爸的墓，怎麼也想不透他就這樣離開了我——想不透，躺在那堆土下面的就是他。」

雪文也是一臉眼淚，在眼淚中，她看到一個貞烈的女人為愛情犧牲掉的一生青春。

# 結局

## 1

系辦公室裡塞滿了學生，都是利用下課時間去跟助教辦理加退選的，連他的位置也給佔了。他到走廊去盛了杯冰水回來，原先那兩個升大三的學生仍然霸著他的位置。「哲先，有人給你電話，我留了條子在你桌上。」他捧著杯子走向自己的座位，那兩個學生才把位子讓出來。「哲先：你大哥有急事找你，請速回電。」

電話是他大嫂接的，發乾的女人的喉音：「你等一下，」又對後頭的人問：「要不要現在就告訴他？」他大哥接過電話，說：「哲先你現在過來我這兒一趟，如果下午有課先請個假。」

他知道事情一定很大，能教他大哥銘先發急、失去控制的事情不多。他盤算一下，決定不搭公車，儘早把事情辦完了他也許還趕得上下午那兩堂數理經濟。

他還沒按門鈴銘先就開了門，顯然一心在等他，聽到了他的腳步聲。銘先還穿襯衫打領帶，像是從辦公室直奔家門。銘先在他身後重重壓上木板門，人就靠在門上，說：「英先出事了。」

英先是銘先的妹妹、哲先的姊姊。哲先問：「什麼事？」前些時間哲先才聽到英先鬧著要離婚的事，念頭立即轉到那上頭。

「英先死了。」銘先說，「吳高橋殺的，用一把水果刀刺穿了胸部。你在辦公室我不方便講。」銘先用拇指按住太陽穴，頭抵著木板門，堆出了第二個下巴。銘先這兩年在報館升了官，在廣告部做得十分興頭，工作越重，應酬越多，人也跟著一圈圈地長。「英先她婆婆來了電話，讓我們去收屍。」

哲先把進門後掏出來的香煙點上了。屋子門窗緊閉，開足了冷氣，銘先自己戒了煙以後就不贊成別人在開冷氣的屋子裡抽煙，客廳裡連煙灰缸都撤走了。哲先吐了一口煙，問：「事情怎麼發生的？」

「吳高橋的媽媽打電話到他公司去，說英先接到一通電話後就出門去了。他在一家賓館裡找到英先，跟英先一起的那個男的到街上買酒，吳高橋就把英先帶回家，那是昨天下午的事。」銘先移步走向哲先，探手拿過哲先手裡那包煙，也給自己點了一根。「煙我還沒戒乾淨，」他又抽了一口，「戒它幹嘛，要人命的不只香煙這種東西。」

「今天吳高橋沒去上班，事情發生了。早上英先穿好衣服準備出門，可能兩個人真翻了臉，吳高橋一氣之下動了手。」銘先解開領帶，抽下來掛在沙發椅的扶手上。「哲先，這件事我不能出面，我在報界的朋友很多，鬧開了對我不好。」

哲先望著他哥哥，一時想不透他為何那麼忌諱。英先死了，還是慘死在一把刀下，為什麼做她兄弟的在出了事情後最先想到的是要保護自己。哲先把煙截死在小茶几的玻璃面上，他的手指微微抖著，銘先發現了。哲先把頭轉向另一面牆，避開他哥哥，從臉頰上摘下一顆燙燒著他的熱淚。英先今年四十二歲，只大哲先四歲。哲先用手背拭掉爬滿一臉的淚水，奇怪著自己竟這樣輕易地接受了這個消息。

## 2

英先只大哲先四歲，但是哲先老感到他們兩人活在兩個完全不同的世界裡。

英先高二那年被學校開除了，從此就沒有唸書。教官逮到她跟三個男生在臺糖的小火車裡抽煙，押到教官室後，又從她的書包裡搜出一雙絲襪、一支口紅和一條白色的迷你裙。

事情原來可以不鬧得那麼大的，英先唸的那所高中一向是以紀律鬆弛出名的，那種事情大不了記支警告。好像負責審她的教官對她說了重話，把她真給逼反了，她趁教官去倒開水的時候，當著她三個夥伴前面脫掉過膝的黑裙子，換上迷你裙與絲襪，塗了口紅，在教官回到教官室時，把書包重重地扔到他懷裡，叫：「書，我不唸了可以嗎？現在看你膽敢再把那句話說一次。」

英先穿著繡了校名、學號、姓名的白色制服，搭著那條雪白的迷你裙和鐵灰色的絲襪，筆直地走出教官室，那是下課時間，她還沒走出校門，消息就在校園中傳了開來，很多男同學及時見識到她那雙校際性的美腿，他們都還只是半個孩子半個大人，一雙可以打九十五分的大腿就能懾得他們瞠目結舌。英先揚著頭，讓四月的風梳過她短短的髮。那年她才十七歲，校園裡高高矮矮開著些叫不出名字的花兒，紅的黃的白的和紫的，在清淡的陽光下招染風塵。鐘聲在她身後響起，原先在校園裡遊蕩的學生都回到課堂去了，英先緩緩回首，眼光越過草坪、花籬、銅像，停在二樓的那排教室，看到的是一個她再也回不去的世界。

沒有人知道英先心裡想的是什麼。她安安靜靜地回到家裡，躺在床上讀小說，隔一天她拿把剪刀把那頭齊耳的短髮修成流行的阿哥哥款式。學校差了她的班導師來做家庭訪問，英先溜到後院，牽著單車頭也不回地出門去，直到那個時候家人才知道她在學校出了事。

哲先那時唸國一。放學回家後看到父親正在審問英先。英先穿著一條牛仔褲、一件銘先穿舊了的方格子棉布襯衫，倔強地跪在父親前面，兩眼盯在地板上。幾年前做母親的扔了一個男人和三個孩子跑了，那個家庭就沒有了歡笑，父親懷疑三個孩子身上流著的有一半是壞血，「說說說，妳想幹什麼，我聽妳的，」英先不答話。「說話啊妳。妳不讀書，混男人堆，妳到底想幹什麼，妳就跟妳媽媽一個樣兒妳。」

英先哭了，雙掌蒙住臉，像隻大狗般趴在地板上。她前面是一個白了半個頭的老人，她那命運乖蹇的老爸爸。「爸，」英先哭著叫，「爸，求您不要那樣說。」

哲先抱著書包，蹲在院子裡那棵白千層下面，他撕下一層又一層的樹皮，看著那樹淌下一顆顆的淚珠，直到它脫了皮下了肉見了骨為止。那是黃昏時候，魚鱗紋的雲朵在遠方的天空閃著亮紅的光芒，偶爾有一兩隻遲歸的鳥兒低空掠過，隔壁人家有嘈嘈切切的人聲笑語，是一家人團圓上餐桌的時間，哲先聞到一股油爆的香味，腹部彷彿挨了一拳，結結實實地貼在脊骨上。

「妳說啊妳，」屋子裡「叭」一聲，燈亮了起來，「妳非得要這個樣子不可？」

哲先潛回自己的房間，把書包放在鐵架床上。晚餐是沒有指望了，客廳裡那個僵局還持續著，英先停止哭泣，空氣一下子凍結住了，非常安靜。哲先聽到遠處的引擎聲，聽到蟲鳴，也聽到他自己肚子咕咕叫的聲音。

## 3

銘先說他已經打電話給葬儀社，「有錢什麼事都有人替你辦的。」他安慰弟弟，一面探過手來拍哲先的肩膀，「我到銀行去提些錢出來。我已經把英先婆家的住址給了葬儀社，他們會派人在那兒等你。」

銘先後來哭了，似乎這下子才完全意識到英先已經死了的事實。他從口袋裡掏出一塊手帕，把半張臉包在裡頭，好像要把眼睛、鼻子、嘴巴全摘下來揉到手帕裡面去。他那受傷的獸般的低嚎把他女人嚇著了，惹得她跟著他一起哭泣。銘先哭了一陣後，聲音穿過陣陣抽泣支離破碎地出來：「她這一輩子過得比誰都苦，就連死，也死得這麼悽慘，英先她到底前輩子欠了誰？」

哲先雙手緊緊交握著，眼光掉到茶几下兩疊舊報上，那疊報紙已經放了幾個星期了，哲先看見上面一張是彩色家庭版，他看了一個四格漫畫，感覺情節十分熟悉，才發現那漫畫他好久以前已經看過一次了。

銘先停止哭泣，把手帕疊好擺回口袋去。「哲先你一定要替哥哥跑一趟，殯儀館那邊的事我來辦。」

哲先站起來，他坐太久，有半片屁股整個麻掉了。「我可能不太記得英先那兒怎麼去了。」

銘先在一張紙上畫簡單的地圖。這兒是一個圓環，圓環左邊的巷子有一家理容院，沿著巷子進去，會看到一家兼賣報紙雜誌的乾洗店，乾洗店旁邊有一家統一商店，就在統一商店的四樓。「你多帶些錢在身上，可能用得著，」銘先掏出皮夾子，數了十張一千元的鈔票擺到哲先的口袋裡。

哲先到了門口，銘先又喚他：「哲先，」哲先回頭，銘先又說：「英先那個婆婆有心臟病，才從醫院回家不久，儘量不要去招惹她。」

「你哥哥是不願又惹出什麼麻煩。」他嫂子補充一句。

哲先下樓的時候，想到他出發時計程車是坐對了。英先死了，這麼大的一件事是等不得的，奇怪的是他接到銘先的電話時，完全沒有想到是英先出了事。

*4*

英先長得像媽媽，長得越大越像。英先的眼睛在陽光下看是淺褐色的，瞳仁黑黑的一點，一縮一張看得很清楚，像貓一樣。英先眼睛很大，臉蛋白白瘦瘦尖尖的，像日本少女漫畫裡的女孩。小時候媽媽叫英先「英子」，用日文叫，總是用很多蝴蝶結、蕾絲滾邊、透明的縐紗把英先整個包裝得像個活動的娃娃，然後讓她站到餐桌上去唱歌，五歲六歲七歲的英先受到的是完全職業化的訓練，上了臺先拉裙角再欠身鞠躬，然後淺淺一笑，左邊臉頰浮著一個小小的酒窩。媽媽兩肘架在餐桌上，準備好隨時扶她一把。年輕的媽媽曾經是歌劇團的演員，因為個兒太小，站在舞臺上沒有分量，雖然有張全團最美麗的臉蛋，怎麼也爬升不到主角的地位。嫁了人生了孩子後她還是忘不了歌臺舞榭的繁華，總是用一些零碎的布頭拼湊出一件件小禮服，隨手拉張椅子、桌子就是個戲臺，指揮手下那個傀儡般的小人兒登臺唱作。

英先從爸爸那兒遺傳了修長的身材，上了初中後喜歡穿牛仔褲，她一口氣把以前媽媽給她做的綴滿蕾絲滾邊的紗衣裳全給扔了，穿著銘先嫌小的襯衫，兩隻袖子一挽，郊遊旅行永遠是那一色裝扮。

那時候媽媽已經離家很久了，家中三個孩子裡只有英先一個知道媽媽的去向，媽媽曾經偷偷跑回家把英先帶走，大概是英先在外頭過不慣，四個多月後才又被送回家裡來。那年英先十四歲。

英先回來的時候是晚上。哲先跑到街上雜貨鋪去看電視，爸爸一路尋過去，看到蹲在前排的他，一個馬步跨過去，把哲先從腋窩那兒提起來，在他耳畔說：「姊姊回家了，趕快回家去看她。姊姊回家了。」

英先燙了頭髮，穿著一件黃底寶藍碎花的洋裝，一雙黃色的包鞋，像個客人般地坐在客廳裡，腳下還放著一口行李。「哲先，」她喚弟弟的名字，「這是媽媽給你的，」她從行李中拿出一包東西來，在哲先面前打開來，「試試看，媽媽說如果太大就給銘先，太小就給我，你來試看看。」說話的口氣完完全全像個大人。

那是一雙鐵人牌白色球鞋，那是哲先最想要的東西。他捧著球鞋跑回自己的房間去，他看一眼就知道那鞋子太大，但是他不願意失去那雙鞋子，只得每次在裡頭穿兩雙襪子。那雙鞋子在慢慢合腳時就已經壞得不能補了。

英先回家以後，自己把燙過的頭髮齊耳剪短，開始準備上國中的功課，她很少提跟媽媽在一起的那四個多月的事，爸爸也不去問她。那個男人決意要忘掉那個背棄他的女人，她走後，他放把火把屋子裡屬於她的東西燒個精光，徹底消滅她曾經在那個屋子裡生活過的痕跡。

幾年以後哲先問起，英先才說了一些。那時哲先已上了大學，英先去學校的男生宿舍看他，兩個人走在校園裡，英先突然揪了哲先的袖子一下，說：「我前幾天去看媽媽，」哲先停下腳步，「她病得很嚴重。她什麼都沒有，沒有家、沒有錢、沒有工作，又帶著一身病。」

哲先已經不太記得起媽媽的樣子了，家裡甚至連張她的照片也沒有。他心裡並未感到太難受，「怎麼辦？」他問姊姊。

「我留了一點錢給她，讓她去看醫生。」英先說。她穿著一件麻紗質的印染罩衫，一條白色的長裙，頭髮在頸後束了一條馬尾，走在哲先身邊，足足矮了他一個頭，哲先奇怪自己一說到或想到他母親，腦子裡浮起的卻總是他姊姊英先的影子。

「這麼多年她都在做些什麼?」哲先問。

「做什麼?走江湖,討生活啊,」英先語氣裡有著不耐,好像她弟弟問得多餘。「討生活,」她眼眶紅了起來,眼中叼住一抹清光,是新淚。「爸如果知道她在外面過的是什麼日子,大概就不會那麼恨她了。」

爸爸在哲先高三那年就過世了,死於心臟病,那時銘先在服預官役,英先被迫負起支付弟弟生活費及學費的責任,哲先本來不想考大學,準備當完兵後半工半讀上夜大,還是英先請了假回家,把他押去參加聯考。

「妳不是跟媽媽出去了好幾個月嗎?」哲先問:「妳從來沒說過那一段。」

英先抱著胸靠著一棵樹站住,她用手順了順頭髮,眼光停在前面的草坪。「我小時候以為媽媽很有辦法,以為跟她在一起什麼都是好的。」她嘆了一口氣,輕輕地搖頭。「我是自己逃回家的,我偷了她的錢買車票回家。」

英先拿出手帕來擦眼淚。「我們跟了一個魔術班,班主是媽以前在歌劇團就認識的。媽媽當表演助手,」媽媽每天穿上那一襲低胸連身泳裝似的禮服上臺表演,小禮帽上插朵塑膠製的玫瑰花。表演的重軸項目是「斷頭美人」,魔術師親自操刀,媽媽傾著身子跪在臺上,兩隻豐實的乳房從領口裡瀉出一大半,表演還沒開始觀眾就大聲叫好,「那工作很辛苦。」

英先也有工作。英先戴一頂假髮，身上穿著一襲肉色的緊身衣，下身拖一條淡褐色的魚尾巴，坐在一口箱子裡扮演美人魚。看美人魚一次五毛錢，繳了錢才能拿到深海探測鏡，上當的大部分是小孩子，他們發現受騙之後總是當場就揭穿：「騙人的，裡面坐了一個女孩子，她在打瞌睡。」跑江湖扮美人魚那一段是英先一輩子最大的恥辱，從此她對她母親的世界徹底失去幻想。她們跟著魔術班從一個城鎮跑到另一個城鎮，大部分的時間都生活在一輛三噸的卡車上，媽媽即使想送她去學校念書也沒辦法。於是媽媽就給她買了很多新衣服、新鞋子，帶她去燙頭髮，為的是補償她失去的一切，也為了讓她徹底忘掉學校、忘掉家庭、忘掉她還沒過完的童年。

哲先永遠都記得英先坐在校園的草坪上哭泣的那一幕。她把手帕抵在臉頰，眼淚一流出來就用手帕吸掉，哲先坐在她旁邊，做笨拙的安撫工作，入夜後到草坪上散步的男女學生好奇地把眼光投在他們兩個身上，算定他們是正在鬧意見的一對。哲先心裡發急，但是怎麼也阻止不了他姊姊的眼淚。

## 5

英先高二那年被學校開除以後，帶了幾件換洗的衣服和她自己那把牙刷就到臺北去了。

哲先首先發現她離家出走的事，因為她把他夾在英文字典裡兩張五十元的鈔票抽走了，留下一張字條：「哲先，姊姊借走你一百塊，很快會還給你，告訴爸爸我一找到工作就寫信回家。」

英先做了幾個月皮鞋店的店員，受不了蹲在客人面前伺候穿鞋的工作，不幹了。她到一家專門跑臺北、臺南路線的野雞遊覽車公司當隨車小姐，底薪不高，但是外快很多，車子一開出幾個停靠的大站後，再上車的零星客人，人頭費就由司機與隨車小姐平分，一開始英先很勤奮，總是到小站去把客人拉滿一車後才讓司機上路，完全不管車上客人的抗議。司機為了準時入站，不得不開快車，為多出來的幾百塊讓一車子的人跟他們兩人一起賣命。

那一段日子家裡生活過得好些，英先寄錢回家幫爸爸添了電視機、換了新的機車，隔不了多久客廳裡又多出一組沙發椅。哲先有時候也寫信跟姊姊要零用錢，英先總是把錢直接寄到學校去給他，免得爸爸知道了，連本來該給哲先的也自動扣掉。哲先國中擔任鼓號隊指揮，又加入童子軍團，購買配備和參加活動的費用全都來自英先，她提早加入成人的競逐行列，讓弟弟撿到了便宜，可以安心地做個快樂無憂的孩子。

英先慢慢地學會打扮，她個兒修長纖細，哲先記得她最喜歡穿迷你裙——夏天穿絲襯衫搭迷你裙，頭頂上架著一副細框太陽眼鏡，冬天穿套頭毛衣搭迷你裙，再配厚毛襪與長筒馬靴——她對自己的美麗很有自覺，也知道如何去表彰它。哲先只小姊姊四歲，然而他感覺姊姊的世界離他好遙遠。

哲先國中三年級的那個寒假，英先突然辭掉工作回家小住了一段時間。那時爸爸已經從軍中退下來，到鎮上一家工廠當警衛，英先每天一早就上菜場買菜，中午先為爸爸送便當後，再回家和哲先一起吃飯。她話說得比以前更少，有關她為什麼辭掉工作的事，沒有人能從她那兒探出一絲口風。她變得很瘦，情緒容易激動，有時睡到半夜，哲先會聽到她把自己悶在被窩裡哭泣的聲音。哲先斷定她一定是在外頭給人欺負了，受了那種在家人面前也開不了口的委屈。他想，爸爸一定也這麼想，所以才會一直壓著沒敢去問她。

英先回家大約一個禮拜後，家裡來了兩個警察。家裡只有英先和哲先兩個人，英先似乎在警察一進門時就猜到他們的目的，僵著臉要哲先到外面去玩，哲先立在客廳不動，英先叫：「哲先你出去，聽到沒？」說話時臉整個都漲紅了。哲先靠在院子外面那堵矮牆上，留心著屋子裡的動靜，但是英先一直壓著聲音講話，警察知道她有顧忌，也跟著把聲音放低了。後來英先跟著兩個警察上了停在巷口的那輛警車，眼光越過車窗看到站在矮牆外的哲先，隔著車窗跟他招手，哲先湊近了時，她才輕輕說：「我朋友發生事情，我去去就回來，你先不要跟爸爸說。」

英先一個人無法把事情壓下去，警察陸陸續續來過家裡幾趟，爸爸後來也被迫走了幾次法院。哲先事後才從爸爸與英先之間破破碎碎的談話，拼湊出整件事的經過。

英先跟著工作的那個司機在一次空車回程時強暴了英先，他把車子開到一條僻靜的馬路上，把車子裡外的燈都熄了，重重的一巴掌打昏了英先，把她按在兩排座位間的過道上，對她動了手腳。那是個冬天的晚上，車子回到市區時，英先醒了過來，她趁車子在等一個紅綠燈時，打開車門跳車逃走，在冬夜呼呼的北風中一路奔跑一路哭泣。那個冬天她剛滿十九歲。

回到公司後，她洗了個澡，躺在床上計劃著各種報復的方法，一整個晚上沒睡覺。隔天一大早，她到附近一家雜貨鋪買了二斤精鹽，趁著洗車時，打開引擎蓋，把那包鹽巴全部倒到油箱裡面去，她聽人家說過鹽巴會蝕掉車子的引擎。那是在大公司靠行的個人車子，是強暴她的男人全部的財產。

*6*

他們把英先擺在客廳中央的地板上，原來擺那兒的家具都搬到牆角去了。英先全身蒙著一塊被單，塊頭比哲先印象中的小了好幾碼，哲先蹲在屍體旁邊，輕輕從頭部揭開被單一角，探了死者一眼。

英先輕輕閉著眼睛，嘴角夾著一絲奇異的微笑，好像有人呵她的癢。她皮膚是半透明的白，嘴唇皺皺的，也是白色的，幾綹瀏海貼在額頭上，較長的幾根插過眉心飄落在閉著的眼睛上面。除了嘴角那抹笑，她整個表情空白著，臉孔顯得比她原來年輕些。哲先靜靜地讀著她的臉，由額頭、眉毛、眼睛、鼻子、嘴巴順序一路下去，再一次發現那實在是一張姣好的臉龐。他把飄落在臉上的頭髮替她拂開了，清出一張乾乾淨淨的臉來。

吳高橋被警方押走了，有兩個老太太娘家的表親過來陪著她，見到英先娘家來了人，開了門後都避回老太太的房間。哲先聽到內室傳來絮絮叨叨的說話聲，還有老人乾痘的喘息聲，才感覺到四周好安靜。是剛剛過了正午的時間，陽光從落地窗瀉了進來，吃掉一小塊陰影。

葬儀社的人還沒到，他開始擔心他大哥沒有把聯絡的工作做好，正想撥一通電話到銘先家去，才看到電話已被收到牆角疊在一起的桌椅下面去了。他掏出手帕來吸掉聚在額頭和眉心的汗水，又摸摸胸前和屁股後面的口袋，發現他把煙留在銘先的家裡。

7

英先鬧過自殺。

事情發生在她辭掉工作回家住的那段日子。他們在警察局和法院反反覆覆地把整件事情說過好幾遍，英先先說那天晚上她在車上被打昏的經過，再說她買鹽巴放到車子油缸的那一段。他們防她編造故事，仔細地盤查她說的每一句話，當著她家長的面，要她清清楚楚地交代出每個細節來。

英先吃了三十顆安眠藥，那是她花了好幾天時間到不同的藥房去零零星星買回來的。哲先聽到她的呻吟聲，本能地感覺出了事，跑過去敲她的房門，發現房門從裡面鎖上了，他大力拍著薄薄的木板門，淒厲地叫：「姊姊！姊姊！姊姊妳開門啊妳。」爸爸被敲門聲驚醒了，橫了哲先一眼，突然從牆角抓起一把木凳子，用力往木板門一撞，撞裂了一片木頭，哲先伸手進去從門後拔起門閂，一老一少兩個男人同時看到已經從床上滾落到地板上的英先，她屈著身子，嘴角掛著一條透明的涎沫。

那是晚上十一點多的時候，哲先正在準備期末考，比平常睡得晚些，如果他照平常時間上床，英先那一次就回天乏術了。

爸爸穿著一件領口磨裂了邊的衛生衣，一條縮得只剩下七分長度的衛生褲，整個人清醒了過來，蹲下身子把英先雙手一拉，扛到肩上去，赤著兩腳踉踉蹌蹌地衝到門外去，一面從喉間發出一兩聲沈悶的哀嚎。

哲先撿起爸爸掉在客廳裡的拖鞋，跟在後面跑了一段路。他嚇得忘了哭，張著嘴巴一路跑，冷風灌入他的肺裡燙著他的胸腔，他每落下一步後腦門就跟著一震，直到他看到爸爸在遠處的馬路上截住了一輛車子，他才停下腳步。

隔天爸爸帶他到鎮上那家醫院去看英先。英先躺在白色的病床上，手上插著針管，鼻子戴著氧氣罩，臉上還留著幾處瘀痕。她睜開眼睛看到站在病床旁的哲先，把一隻手遞給他握著，當她又閉上眼睛時，哲先看到有一顆淚珠滾落她的臉頰，落在枕頭上面。

回家的路上，爸爸吩咐哲先，要是鄰居有人問起姊姊發生什麼事，「就說姊姊昨天晚上吃壞了肚子，得了急性腸胃炎。」爸爸補充一句：「不能說姊姊鬧自殺，聽到沒？」老人從來就是個誠實的人，要他叫孩子說假話，即使撒謊只為了維持清白的家風，對他仍然是痛苦的。他那命令的口氣裡還帶著一些商量、協調的成分，話說完了，轉過頭看了哲先一眼，望著孩子的那雙眼睛，充滿了老年人才有的哀傷與無告。

## 8

葬儀社的人還沒到。

哲先再一次揭開蓋在英先身上的被單，他要多看姊姊幾眼。被單下英先的那張臉仍然帶著一朵隱隱的微笑，好像在作著夢。哲先傾著身子，冷不防一滴眼淚掉到英先臉上，流到她的鼻窪裡，哲先掏出手帕來把它擦掉，又有一顆落到她的唇角，他把頭偏離英先的臉，整個人跌坐在地板上，雙手蒙住臉孔無聲地哭起來。

陽光往室內移了幾步，又吃掉一大塊陰影。內室裡那三個女人說話的聲音逐漸放大了些，有人上洗手間，壓抽水馬桶的聲音一下子在屋子裡爆了開來。老太太胸口塞住了，引著喉嚨清氣管，一陣陣乾咳把空氣都震動了，掃在哲先臉上像粉撲，他臉上的眼淚乾了，臉頰上面有幾塊地方特別緊。

陽光爬上被單一角，英先的一隻腳從被單裡露出短短一截拇趾，她穿著絲襪，正準備好要出門的，哲先入門後就看到牆角歪躺著一隻她的高跟鞋。

哲先跪在英先旁邊，他把被單往下拉，看到英先胸前那一大片乾了的血漬。英先穿著一件翠綠色的絲襯衫，靠左邊的胸口清清楚楚一條刀子劃開的裂縫，血就從那兒噴湧出來，向四面擴散。挨那一刀時英先人大概站著，一大股血往下身竄下去，漫過腰部，流到鐵灰色的窄裙上面。她顯然沒有做太多的掙扎。

檢察官和法醫在吳高橋打電話報警自首之後都來過了，兇手跟死因確定了以後，屍體就留在原地交發家屬處理，案子一清二楚。

葬儀社的人還沒到。哲先跪在英先旁邊，他把被單拉回來蓋住了眼前那具屍首，幾個小時前那還是一個活生生的人，現在她躺在那兒，輕輕閉上雙眼，把一個充滿煩擾的世界踢到她腳下。但是且慢，她現在在那裡？

*9*

英先結婚的時候，哲先正在準備大學畢業考試，沒去參加她的婚禮。英先說：「考試重要，改天姊姊補請你一個。」

英先是個漂亮的新娘子，幫她拍結婚照的那家攝影禮服公司後來把她的新娘照放大擺在櫥窗裡，哲先有幾次路過那兒，特地拐個彎跑去看。英先的眼光淡淡地落在她手中捧的那束玫瑰加滿天星上面，嘴角一抹隱隱的微笑，燈光從她頂上瀉下來，她有半邊臉整個暴露在一抹橙黃色晃悠悠的亮光裡，一隻眼睛揉進去幾粒星花，乍看像是眼淚。

媽媽小時候就努力地想把英先打扮成一個小仙女，處心積慮地在她身上堆滿蕾絲、蝴蝶結，她如果看到英先的結婚照，一定會高興得流下眼淚來。養個小仙女一直就是她最大的夢想。

但是媽媽沒有參加英先的婚禮，媽媽早些時候病死在一家醫院裡，過世的時候沒有一個人陪伴在她身邊，她先丟棄了她的家，甚至她的孩子都猜不透她一輩子追求的是什麼。

英先婚後，哲先幾次去看姊姊，發現她日子過得井井有條，那時英先還在她婚前服務的那家旅行社工作，一個禮拜六天跟先生一起出門、一起回家。她堅持要繼續上班，倒不是為了那份薪水，她那份薪水多不了家裡付給請的那個歐巴桑的好多，她婆婆開出來的唯一的條件是她懷了孩子以後就得留在家裡。

英先結婚兩年多，一直都沒懷過孩子，聽說她婆婆懷疑兩個年輕人串謀好了，不肯要孩子。哲先知道英先遲遲不肯要孩子的原因，他猜想他是唯一一個知道那個祕密的人。

就只有他一個人看過英先外面的男人。

那個男人在英先二十歲那年就認識他，那時他已結婚，有了兩個孩子，英先斷斷續續地跟了他五年多，還為他打掉一個孩子。醫院還是哲先陪著姊姊去的，她讓他裝成她的男朋友，就是在一個江湖庸醫面前，英先仍然執意要維持一個女子的尊嚴。英先躺在診療檯被推進手術房時，哲先在候診室裡哭了，交握的雙手微微抖著，他還只是一個剛剛成年的男子，就被迫去面對生命的無常與變幻。他哭，同時也為了英先曲折乖舛的人生，英先被媽媽拐離家庭，英先被學校開除，英先鬧自殺，英先被迫離開她真正想要的男人，這一連串滄桑都寫在那張二十五歲的臉龐上面，然而那張臉看起來仍然充滿天真與溫柔。

英先結婚是跟自己賭氣，決定做得很倉促。美麗有什麼用？美麗對她一直只是禍害。年輕有什麼用？很快的她就會老去，都快三十歲的女人了，還有幾年光陰可以蹉跎，除開年輕與美麗外，她孑然一身，在殘酷競爭的人海裡，她只是一支勢單力薄的孤軍。

英先結婚一年多以後，她又碰到那個曾經讓她心碎的男人，很快地放棄了人妻的貞守，他每天中午開車到她辦公室附近與她共進午餐，偶爾兩人安排好出遊的時間與地點，英先總是預先打電話給哲先，讓哲先到家裡去把她接出來，出了門後哲先便把姊姊雙手奉上，交給那個男人。英先什麼事都不瞞弟弟，一心算定弟弟跟她是站一條陣線的，哲先有段時間非常恨自己，恨自己在道德與情感的天秤兩頭，老是擺不定一個位子。

英先答應哲先她會離婚的。「我不能這樣欺騙他，」她說的是她的丈夫，「他沒有什麼不好，我不能這樣欺騙他。」

「哲先，」英先臉孔埋入雙掌中，「我會離婚的。」再抬頭時她眼中泛著淚的清光。

那個男人答應把房子給他太太，答應負責兩個孩子的生活直到他們大學畢業，終於跟他太太辦了離婚手續。英先去找哥哥銘先，讓銘先替她出面談離婚的條件，「我負他，我什麼都可以不要，只求他放我走。」銘先對妹妹發了一頓脾氣。「吳高橋他短缺了妳什麼，當初並沒有拿著刀子押著妳去嫁給他啊。」三個孩子裡頭銘先最不能原諒媽媽的背離家庭，就是到後來聽到媽媽貧病交加的躺在醫院裡，他還是硬著心腸不去看她。英先使他想起母親，他跟弟弟哲先說：「她就是不能安分過日子，小時候就給教壞了。」他把媽媽跟英先一起怨怪進去，

「高中就學抽煙混太妹，繞了一個大圈子後她走的還是那條路。」

銘先一個朋友的妹妹跟英先高中同一個班級，英先在學校鬧的那一段輾轉傳到銘先耳朵裡，教官在辦公室罵英先的那句「問題家庭出問題學生」銘先也聽說了，銘先自小端端正正地做人，規規矩矩地唸書，想要跟自己證明的是他身上流的不是壞血，雖然他有個不成樣的母親，他卻不是一個不成樣的人。

英先婚沒離成，事情卻鬧開了，吳高橋擅自替她跟公司辭掉工作，把她關在家裡，讓老太太守住她，英先吵了一陣子後安靜下來了，吳高橋一直認為隔些日子她對那個男人的心就會冷下去。他不想離婚，活了三十幾年，英先是他唯一真正愛過的女人，他與她曾經有過一段甜蜜的日子。

10

葬儀社來了兩個人。他們帶來一張白色的大帆布，在帆布上鋪滿冥紙，把英先抬到帆布上，像包裹嬰兒般地把她小心地包在裡頭。

那是兩個訓練有素的工人，動作俐落，不帶任何感情，為了怕半路屍體滾落出來，用帆布包好了之後，又用素白的兩條粗線繩在首尾各繞了兩圈，打了個死結，其中一個皺了皺眉，說：「還沒完全硬掉，不好抬。」

老太太聽到客廳的動靜，巍巍顫顫地從內室走出來，額頭抵在過道牆上，靜靜看著客廳那盤殘局。「她逼他殺她的，她逼的，」老太太聲音抖得很厲害，總算沒有哭出來。

兩個女眷原來站在老太太身後，老太太一開口，兩人一起上前一左一右攙扶著她。「她逼他殺她的，她跟他吵，說她有了孩子，說她不能把外頭的孩子生在這個家。她逼他殺她。」老太太眼光落到地板那包屍體上面，午後的陽光從落地窗瀉入客廳，齊齊的四個長方形的金色亮塊，陽光所到之處，都蒙上一層晃悠悠的金塵。

「她不守本分，」老太太終於哭了，話尾化作一陣哽咽，她掙扎著脫離那兩雙鎖住她的手掌，撲倒在客廳的地板上，但是話仍然沒有斷：「她逼他殺的，她在外頭懷了孩子回來，鬧著要走。她躺在那裡我還是要說，是她逼他殺人的。」她抬起頭來，決絕地說：「她死了我還是要說。」

兩個女人一起蹲下去，把老太太整個提離地面，一前一後把她抬到內室去，客廳一下子又靜了下來。

塊頭較大的那個工人待老太太發作過後，彎著身子一把抱起裹在帆布裡的屍體，對另外一個說：「去開門，你走前面。」

哲先把鐵門拉上，跟著下了樓。

外面是一個白燦燦的世界，巷子對面樓上的陽臺有個女人在曬被單，歪著頭往樓下探了一眼，動作突然凍結住了，眼光一直停在工人手上那個長條狀的帆布包上，一面不動聲色地喚屋子裡的人：「快出來看，看那個人抱的是什麼？」陽臺上很快又多出了個男人和一個小孩。

是仲秋的午後，雲高高的堆在頭頂上，四周閃著亮白的銀光，背後是一望無際的亮藍的天空。一陣風迎面撲向哲先，他打住腳步，揉了揉眼睛，揉進了滿眼陽光的金塵。

# 陷阱

這當然是一樁陷阱，事情一發生他就想到了。

那個王怡保開口就要五百萬，成惠田一想起來鼻子還要直冷哼，他想那混小子一定不知道五百萬是多少，沒使過大錢的人對錢的概念總是很模糊，只知道要個大數、整數，後面加的零越多越好，反正要把這種事當成買賣，本來也就無行無市。

要說那混小子壞，倒也算不上，他只是沒心沒肝，再加上沒出息，被窮給逼急逼瘋了，就在老婆身上打那個下流主意。都說一文錢逼死一個英雄漢，況且是他那樣的人。見了他女人事情發生時躲在門後面下淚，大顆大顆的淚珠源源不絕滾出來，難保他心眼裡不會有悔恨與慚愧的齒痕。

那王怡保這事之前他在巷子裡打過幾次照面。長著一嘴烏青匝密的牙刷鬍子，臉上老是蘊著笑，看上去是個心頭毫無牽掛的人，一點也不像什麼譎詐奸獪凶狠惡霸一流。他倒能了解，那混小子要走正途缺點耐性與勤勉，要走歪路又不長膽子，唯一的專長是吃喝玩樂，可偏偏又吃喝玩樂不起，所以上下不著，兩邊不靠，腦筋三轉兩轉，就會轉上歪門邪道上頭。

可是既無勇又無謀，帶著個黑道小兄弟回家捉姦，把自己女人和外頭男人雙雙光著身子在床上逮個正著，他應該理直氣壯地憤恨、跳腳、喊打喊殺，可他卻不，他只是抖著手按那部拍立得相機，口中唸唸有詞：「這下你還有什麼話說！我有人證，我有物證，這下你還有什麼話說！」說話聲音哆哆嗦嗦，帶著哭腔，而且一副有什麼不對頭，就要奪門而逃的樣子。跟他來的那個道上的，顯然也不是什麼狠角色，始終躲在他身後，一聲不吭。

他那時怒焰很盛，總該差不多沒有發瘋罷，在王怡保一疊聲喊：「這下沒五百萬遮羞費，看我跟你有完沒完」時，憤憤一巴掌打去，只見那渾小子面色立即紅中帶紫，後牙根處腫起一個包。他下床抓起扔在地板上的長褲時，心中十分戒備，怕對方要偷襲他，準備隨時飛起一腿自衛。

可是王怡保沒有還手，大概剛剛挨的那一巴掌餘悸猶存，只楞楞地挺在臥房門口，看著他接著套上襯衫，又從地上拾起那管亮閃閃的白鐵套子鋼筆，插回前襟去。

他也把地上女人的衣服拾起來，丟給了她。她躲在氈子底下哆嗦著，好像著了涼，病著。他坐在床沿，感覺像在作夢，也希望當真在作夢。唉，這種醜事原來只在報紙社會新聞裡才有，怎麼就這樣撞到自己身上？他用五爪攏攏散亂的頭髮，像被堵在牆角的一匹狼。

門口仍然挺著她丈夫和另一個男人，他走不出去，除非他動粗。「這齣戲妳也有份吧？」他覺得他一肚子霉氣都得洩在床上這個女人身上，這不是仙人跳又是什麼？拿他來當她丈夫的搖錢樹？真是天地良心！

他是男子漢，世面見得比屋子裡另外那三個人加起來都多，要敲詐勒索他，可沒那麼容易，這都是設計好的，無非就是要錢。他從床頭几拿來自己那包煙，點了一根，啣在嘴角，任青色的煙在腦後飄散，「用這種辦法弄錢，未免太沒格，這個女人總是你名正言順的妻子。」他瞥一眼氈子底下她哆嗦著的伶仃身子，心裡突然有說不出的悵惘，他想破口大罵挺在眼前那個沒有出息的男人，可是他心裡煩得厲害，就是一個字也懶得吐了。

「我有人證、物證，不管你怎麼說，你都理虧，」王怡保臉色慘白，仍然那兩句老話，可只一眼就被他看低了頭，接下來的話是對著自己的皮鞋尖說的，「要沒五百萬遮羞費，我是不會罷休的。」

「你作夢，你這個算盤打得太天真了，我說這都是你們夫妻兩個設計出來的圈套。」他虎虎地站起來，伸手去抓王怡保夾克的領子，王怡保倉皇後退一步，用力是那麼猛，只聽見衣服裂開的聲音，下一秒鐘，只見王怡保提了提被他扯開線綻的領口，氣急敗壞地對他的同夥說：「去，去拍對面的門，找個人過來作證。」

女人這時突然翻身坐起來，「你少丟人了，你是不是要弄得全世界都知道？你不要臉皮我還要呢！」女人嚷得聲嘶力竭，整張臉漲得通紅。

「臉皮早就沒有了，」王怡保聲音很暗，他頂怕他妻子的眼睛一根冷刺那樣刺著他，拔都拔不掉，所以就躲開了，「妳把外頭的野男人往家裡床上帶，這本來就不是太有臉皮的事。」

成惠田眼光從男人的臉看到他妻子的臉，又從他妻子的臉看回男人的臉，心定到像一尊菩薩只一個念頭：這個女人被逼急了，肯定要窩裡反，她心裡一定大大恨著她丈夫給她的貧窮和屈辱，再說，剛剛他與她在床上的溫存，簡直水乳交融，總不會不在她心裡發生作用罷？女人的陰道直接通向她的心，現在她的心也應該被他鑿通了吧？「是不是他逼妳這麼做的？告訴我沒關係。」他的語氣是柔和的，就像他的心。

她小嘴半張著，上牙咬住下唇，這時聽見門口那邊一陣響動，她丈夫的同夥已拍開對面鄰居的門，正在期期艾艾地解釋事情的原由。

女人知道屋子裡馬上又要來個外人，羞憤地抓起氈子上她那件碎花洋裝和胸罩，光溜溜的翻身下床，飛快把洋裝往頭上一套，來不及穿的胸罩在手中搓揉兩下，突然拉開氈子丟到裡面去。這當兒兩個男人都低頭望著地板，好像要把地板望穿。

進門的是位頭頂已禿，身坯子十分壯實的中年人，成惠田覺得這張臉他見過，心想這也不奇怪，本來大家都是街坊嘛。這點倒叫他為難，被成雙捉姦在床畢竟不是太光明的事，雖然他心裡也沒把它看得太醜惡。

王怡保也不比他自在多少，只見他迷惘地用手抹抹前額，兩眼痴痴地瞪著來者，「郭老師，抱歉，打擾了——」

「什麼事？能問嗎？」郭老師仍然沒有進入狀況。

這位郭老師看著這麼眼熟，該不會是他兒子或女兒以前國小或國中的老師吧？成惠田腦中的念頭一成形，便像石頭那樣堵在心口，化不開，挪不動，不由得狠抽了兩口煙。

「這位成先生，」王怡保才開了口，馬上覺得不對勁，怎麼能稱呼跟自己妻子通姦的男人先生，又怎麼知道對方的姓氏？他不得不換另一種開頭，「我這一陣子人在臺北，今天晚上有事回家一趟，卻見這個人和我太太——」他說不下去了，這種事神經還健全的人，誰也無法暢所欲言罷。

郭老師也怕他要細細點描內情，馬上接口：「我懂我懂。」

女人這時躲在臥房門後，靜靜抽搐著肩膀下淚。

「總該給我一個解釋，一個交代。」王怡保又說，現在他不再提五百萬的遮羞費了，以免在外人面前落了形跡，「我是說，以後萬一要打官司，需要證人，郭老師可以出來幫忙說幾句話。」

郭老師顯然不是個好事者，他面有難色，指著王怡保的同夥說：「這位先生不是一直在這裡嗎？他一定比我清楚，我呢，我什麼也不知道。」

王怡保立即把手中三張拍立得照片往郭老師手中塞，郭老師匆匆一眼，馬上疊回去還給事主，「照片也有那就好辦，那就好辦，那就用不著我這個外人了。」

成惠田不忍見那個老實人被這場面窘住了，開口說道：「郭老師您請回去吧，我們的事我們自己解決。」

王怡保倒也沒有挽留，只是目送郭老師邊走邊搖頭地離去。

「你不要再這樣糟蹋你太太的自尊心了，」成惠田在郭老師大力把門拉上後，才又開了口，「錢不是這樣弄的，不管數大數小，我都不會給你，你要是真繳不起房租了，我倒可以幫你墊一墊，但我是不會讓你隨便恐嚇勒索的。」他故意提房租的事，他要王怡保知道他是掌握著一切底蘊的，關於鬧窮，鬧得得串通自己的妻子騙個男人進屋子落陷阱的全套內情。

「你要沒做虧心事，我還敢開口跟你要錢嗎？」王怡保見他把事情都抖開了，也就不再躲躲閃閃，他揚了揚手中那三張拍立得照片，口氣突然鋒利起來，「鐵證如山，你想賴也賴不掉。再說這個女人不是我的女朋友，也不是情婦，她是我合法的妻子，我有權利追究這件事。」

「就因為她是你合法的妻子，你才更不該這樣作賤她，出賣她。」他把一串錚錚鐵語往王怡保臉上擲。

門後面的女人終於摀著臉破泣出聲，成惠田又氣又急，潑的又是一巴掌，打得王怡保臉一偏，舉手護著頭，這把女人震得停止了哭泣。王怡保站穩身子後，突然把相機從頸根除下來，連同照片交給一直默默站在他身後的同夥，然後撩起袖子，向成惠田逼近一步，「你欺人太甚了，你偷了人家的老婆，還敢動手打人，今天我跟你拚了。」

他估計那小子抵不住他兩拳的，便原地立定，等他上來，那小子大概也知道自己不是個對手，拳頭都快捏出汁來了，卻怎麼也揮不出第一拳。

成惠田覺得那樣扭纏下去沒個完，便把擋著去路的王怡保大力一推，指望抽身就走，可才邁出一步，王怡保便扯住他的袖子，他只好回身補上一拳，正好落在對方胸脯上，打得那王怡保顛躓兩步，這才脫了身。

後來細細回想，他一個剛剛喪妻的男人，孩子都已遠離身邊，年紀不算太老，離六十歲仍然還有好多年，儀表還過得去，而且手頭鬆泛，巷口臨街那家汽車修護行和一牆之隔的汽車雜貨行，不管什麼時候都是滿盈盈的一波又一波的客人，自然要引起別有用心者貪婪的斜覷了。

她卻是個想安定卻安定不下來的女人，三十出頭，沒有孩子，丈夫一年到頭在外面廝混，卻沒混出一條生路來，她這個沒有文憑又沒有專技，而且眼看著青春馬上不再的女人，只得到處找些零頭工作幹，湊合著把日子過下去。孤伶伶一個人，那麼長的夜，那麼冷清的屋，還有白天的勞苦，黑夜的愁悶，再加上窮，窮……房東電話中催房租，他隔道牆聽見了，心口一震，當時就知道自己不該踏進那一扇門，那個窮窠。

本來也是毫不相關的兩個人，理應各走各的路，像天上的星辰一樣遙遙相望卻永不碰頭的。但是寂寞壓在他頭上，漸漸加重，只管加重，人前人後他忍不住就歎出聲來了。工作時因為忙，還好打發，下了班回到那個空蕩蕩的家，只覺得無邊無譜的空虛，渾身沒有著落，走到哪個房間都留下一房間香煙味兒。

第一回在那家專門供應西式商業午餐的餐廳看到她，就覺得非常順眼，只因為她臉上滿是稚氣，閃著寧馨的光。他要一份丁骨牛排加義大利麵，她建議他吃招牌菜海鮮特餐。那一餐他吃得特別開胃，就多給了她一些小費。從此只要見他來了，她就想辦法過來侍候，生意冷清時，還會拉開他前面的椅子坐下來陪他聊兩句，攀談之下，才發現兩人竟然是街坊。後來他自己不開伙也沒應酬時，就上她工作的那家餐館去，就專為去跟她聊兩句。

那回她從巷口小超市提了鼓鼓囊囊兩大塑膠袋日用雜物出來，走在一巷霏霏細雨中，不知怎麼其中一口塑膠袋突然漏了底，一兜洗髮精、香浴乳、罐裝啤酒、紙盒裝牛奶嘩啦啦滾落一地。她忙放下另一個袋子，彎身把滿地滾的東西收攏在一起，他遠遠見了，幾個大步上前幫她。她張開那口沒破的塑膠袋，讓他把東西一件件塞進去，他覺得那不是個辦法，知道那口袋子終究也要漏底。果然她彎身一提，那袋子便從底部爆開來了，這回她煞白了臉叫起來：「怎麼這麼倒霉呢我？」

在越下越大的雨中，她愁苦中帶著怒氣的臉，叫他撇不下，只得脫下自己身上的風衣，把它攤在被雨水沖刷得晶晶亮的柏油路上，讓她把滾落一地的東西一股腦兒全撿進他的風衣裡。

他一直護送她上她五樓的家，這時雨裹著風，把門窗震得格楞格楞響。她一再謝他，堅持沖杯熱茶給他暖暖手，把他那件風衣沖洗乾淨了，掛在窗口晾著，又塞了把吹風機到他手中，要他把頭髮吹乾。

他原來是吃過中飯後要趕到辦公室去的，可在她屋中坐坐靠靠，呷一口茶，說兩句閒話，都透著一種安徐自在，他竟不急著走了。再說外頭那場惡狠狠的雨，也在幫她留客。

兩人隔著兩杯茶對坐下來，她養的那隻金色眼睛黑色皮毛的貓兒盤身躺在她膝上，很舒服地打著呼嚕。屋外西北風呼呼吹著，橫過屋頂上的電線嗡嗡地響，從無盡的遠方伸展過來的鉛色的天空源源飄落下來的雨，一點也沒有停歇的意思，但是他的一顆心卻活得別別跳，有一瞬間竟想入非非，想著兩人上了同一條船，在無起始也無終止的宇宙的長夜裡，吃力地要駛過雨水的汪洋，不知何時才能抵達陽光的海岸……但他卻不心急，他就喜歡跟她一起過日子，這頂舒心頂隨意的日子啊。

而她是那麼美麗，那麼嬌弱伶仃，他荒島上的戀人。他追隨她每一個動作，以目，以心，發現她的步姿很美，每每在她起身忙這忙那滿屋子走動時，他便忙不迭把她整個人納入眼底。

第二回上她那兒，是去幫她修理洗衣機。認真說起來，兩人也還沒熟到她可以搖電話請他登門修這修那的地步，但是那個女人就有這等本事，可以一下推翻築在兩人之間的那堵高牆。她那通電話使他喜出望外，在等著下班時，一顆心鐘擺似的來去，走之前還不忘從公司帶走幾件可能用得著的工具。

她穿一件大圓領的黑色洋裝，蹲跪在一旁看他修理洗衣機時，一傾身，領口即瀉出半輪雪白來，把他撩撥引逼得血脈湧動。洗衣機的毛病不大，排水槽裡卡了個銅板而已。她謝他，留他吃晚餐，酒早已準備好冰鎮在冰箱裡。

他曾想過修洗衣機這段也只是個設計出來的情節，然而那時他不在乎，他不是個容易上當受騙的人，他倒想那個年輕標致的女人跟他玩玩花樣，造個圈套讓他把頭伸進去，這樣大概能把這兩年多來他心口的鬱氣掃動掃動，醅新他對生活的情感。

兩人燈下吃飯、喝酒，各自說起生活中的種種。她不久馬上要失業了，她工作的那家西餐廳換了老闆，新老闆自家太太、女兒、小姨子都是待業人口，用不著她這個外人，所以她得另外找工作去，「妳自己開一家，我一定天天捧場。」他開玩笑說道，她聽了笑了半聲，說：

「我不是那塊料，我開店肯定賠錢。」又閒閒說起她先生，說她先生也是東碰碰西沾沾，總沒有一樣能幹上手，「在他手中關掉的店總也有七、八家。」她注解道。命運對待這一對似乎特別輕佻，老是在換工作，老是在搬家，從來沒敢要孩子。

那當兒她接到一通電話，講了一句，便把它轉到臥房的分機去。隔了一道牆，他仍然把那通電話的來處猜個大概。

她不停喝酒，看出來她心裡有不堪出口的苦，她男人這陣子又上臺北去了，也不知道那兒的事情有沒有個著落。

「他幹哪一行？」

沒想到他會有此一問，她怔了一下，腦子裡琢磨半晌，要找個委婉的說法，可是很快就厭煩了，便直截了當說了：「他有個朋友在一家大飯店租了間套房搞賭場，他去幫忙發發牌，收收錢。」

他心想那肯定跟黑道沾著關係的，突然感覺坐在這個屋子裡有些不自在。接下來他也沒敢放膽喝酒，只感覺一種鬱悶凝結在心中，像冬日的凍雨，遲疑而不即下來。

後來他有意避著她，兩人有一兩個月沒見面。天氣慢慢回暖時，有一天他下班回家，看到她跟一個男人從他住的那棟電梯大廈走出來。她打扮得很時髦漂亮，裹得緊緊的黑色連身洋裝，白色大耳環和白色大珠子項鍊，及肩的長髮剪掉了，換了一款很飛的短髮。她沒注意到他，他本來也想佯裝沒認出她來，逕自掏鑰匙去開在他們身後闔起的玻璃大門，卻忍不住轉身喊了一聲：「朱小姐。」

她跟他解釋她是上這兒拜訪客戶，原來她去拉保險了。兩人在樓下說了一會，他便請她上樓去坐。

兩人喝了茶，他說他要請她吃飯，但是工作一天太累了，問她介不介意他打電話從外頭叫套餐送到家裡來吃。她高興得衝上來在他臉頰響亮地啄了一下。他們吃的是牛排餐，喝德國啤酒，邊吃邊聊了兩個多小時。她說她先生在賭場工作，賺到的錢每每又被裹進去，賭得血本無歸，前天還回家跟她要錢。她恨她男人沒有出息，說她再不想跟著那個傢伙牽牽扯扯過日子了。

他把碗盤撤走之後，兩人又坐下來繼續喝酒聊天。他坐在沙發椅裡，她坐在他腳邊的地氈上，終於借著三分酒意把臉枕在他膝上。他放下手中的酒杯，把她攬入自己懷裡，她突然說起拉保險的種種苦處，邊說邊抽搐著肩膀哭起來。他這才想到她受的折磨、傷害、壓抑都多，她的臉小，還不滿一個巴掌，而且眼睛上面已有雜駁的紋路。他又想起那回幫她修理洗衣機時，隔著一道牆聽到的那通催繳房租的電話。

她有太多沒有賣弄的風情，有太多沒有人聽的俏皮話，有太多被嬌寵被愛撫的欲望沒有得到滿足，有太多治理家務和梳攏男人的精力沒有發洩出來……那晚在床上兩人燈下四眼對望，她咬著嘴唇輕輕笑，那嘴形秀小柔軟，看出來心竅極多，她說：「跟你在一起真好，我原來是累到骨頭裡的，可現在都好了。」說著突然又翻身騎坐在他身上，兩顆熟透了的櫻桃在他嘴巴前面滴溜溜晃。

他倒不怕一個年紀小上自己一大截的妻子，他體格健壯，撐持得住。他死去的妻子是他的同齡人，和他一起白手起家，慢慢的兩人就變成人生的合夥人，彼此在對方身上感覺不到什麼性的意味與吸引力。年輕的女人到底是不同的，光是耳畔那一聲聲慵懶、嬌依的咦咦，就夠溫熱他全身的血液，白日裡回想起來心潮還有幾番動盪起落。

問題在於，她到底愛不愛她丈夫？

她愛他什麼呢？瞧他給她的窮苦的沒有希望的日子！

她要是不愛他，又為什麼這麼些年了，還苦苦守著他？

或許她還有著隱衷？也許她難捨那男人孩子似的真心？

打那回在他那兒過夜後，兩人就經常往返走動。通常是下班後互相通過電話，孩子玩扮家家那樣，各自攜帶一兩樣菜來入股，一來就合為一體，你我不分。跟她在一起是那麼快樂，有酒有菜有寄託有安慰，叫他重新把日子過得美滋滋的，事後床榻上寸寸回想起來，也仍然感到窩心，感到不枉這一趟做人。

一開始他也思忖著儘量不要在她那裡過夜，也不要留她在自己這兒過夜，但是兩人在一起他往往就忘了身外的一切。多少次他催她跟她先生辦離婚，她的回答總是那幾句：「他過得那樣失意潦倒，這時我說要跟他離婚，恐怕他會受不了打擊。」也看得出來她被一種十分粘著深沈的痛苦囚住了。她與她丈夫之間已經不是愛與不愛的問題，他們是同命鴛鴦，他們是彼此的一部分，而人是無法割離自己的。

他也想著要離開她，為此不惜去歡場找女人，可是外頭那些標好價碼的女人，個個像空心蘿蔔似的無滋無味。而且越想放棄的，心中卻越箍越緊越執著，他拗不過那心靈固執的牽引，又回頭去找她了。於是事情終於發生了。

她當然有份，一定是她主動把兩人間的交往告訴她丈夫的。如果沒有她一旁教唆，那混小子大概也不會往這上頭找門路，如果沒有她一旁幫著，事情也不會進行得那麼滑溜順當。是她按計畫約他過去吃飯，按計畫哄他喝個五分醉，按計畫引他上床，把他跟她自己剝個精光，按計畫在上浴室時，悄悄去把大門的防盜鏈打開。是她夥著她丈夫來坑他的，事情一發生他就想到了。

她差不多默認了自己是共謀。事情發生三天後的那個晚上，他都已經上床了，她打了一通電話給他，告訴他，王怡保再拿不出錢來，那些人，那些黑幫，一定會挑斷他的腿筋，「到時他們會直接找上你，這是逃不掉的，為什麼你不願意給他一條路走？」她哀求他快快拿出一筆錢來保住她丈夫那條小命，他聽著聽著突然按不下滿腔怒火，吼了聲：「你們這對活寶，你們活該受罪！」便砰一聲按上聽筒，忿忿走到臥房去躺著生氣。

一個小時後有人來按對講機，一聽是她，猶豫了一下，還是開門放她上樓。她坐在沙發椅裡哆嗦著，流著淚，小小的臉瓜子不帶一絲血色。他問她是不是病了，她搖一搖頭，挺直了腰，兩隻巴掌相互扳得指節發白，突然下了很大的決心似的，抬起了頭望著他：「你一定想這是我出的主意，」她眼光垂下來，睫毛上有晶瑩的淚花，「可是我對你是真心的，一開始就是真心的。」他心裡怪淒涼的，他相信她說的是真話。

話說完了後，她站了起來，一陣風似的走了。

他一毛錢也不準備給，他思忖過了，那個王怡保可能欠下賭債，也可能捲了公款，所以才被黑社會逼債，走投無路時找他的女人想辦法，就把他給裏進去嗆了這幾口髒水。他拿錢出來，不過是讓狗叼了去餵狼罷了，而且給了一次，難保那傢伙不會再聞香上門。

不給會有什麼後果呢？那些黑幫可能會綁架他，或把他的店給砸了，不管哪一樣，都叫人怵怵不安。不給的後果還有另外一種，王怡保呈上人證物證把他告上法庭。第二種他倒比較不怕，這種事通常都是以庭外和解結案，他的自主性比較大，而且至少是個公斷。

但是他還有另外一條路走，他可以離開臺中，到別處去，他那兩個店贏利那麼好，早就有同行在覬覦著了，他那戶房子也結實漂亮，轉手也不難。這一折騰虧損當然免不了，可能還會超出王怡保那個混小子要的那個數，但是他在所不惜。他一聲不響走了，先到美國女兒那裡避一陣子，就算不管哪個黑窟窿他們都把鼻子伸進去嗅一嗅，也逮不著他了。

他一毛錢也不會給，給了，就會把他與她那一段變成高級嫖妓，不，他打開頭就沒有那種存心。他也不願拿錢打發她丈夫走路，買了她。他買得了她的人，卻買不了她的心。他不敢想像，他把她擺在自己的屋頂下、床榻上，卻感覺她的心仍然留在她那個沒出息的男人那邊。

他陷入太深了，滄桑自是難免，而且恐怕一時之間還抽拔不出來。她是他生命中的一個異國，是他振翅飛翔時看到的風景，是他輝煌的二度青春的見證人。

他真心愛過她，跟她之間就不能有買賣。

# 被污辱與損害的

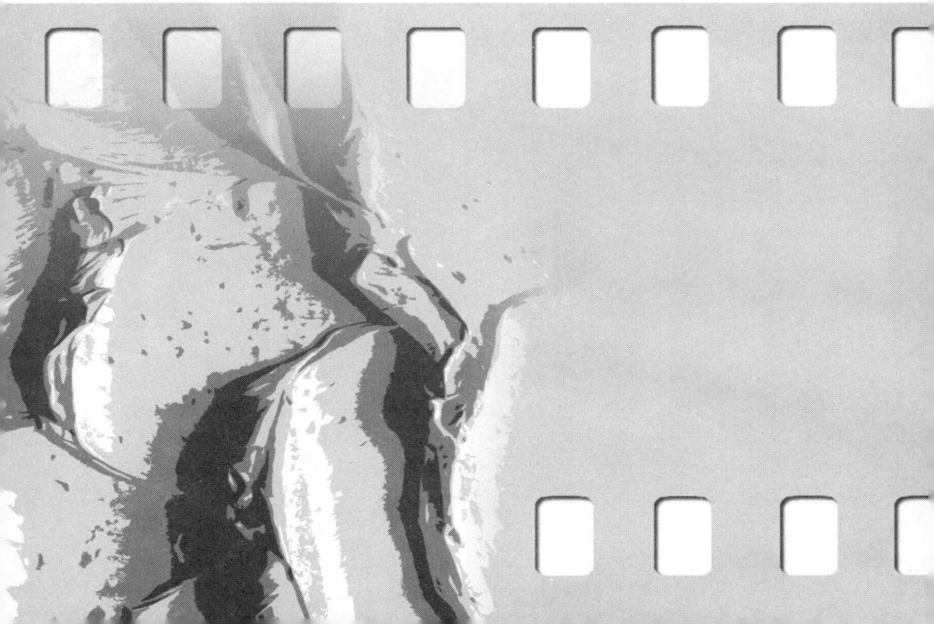

*1*

她把車子停在社區入口游泳池外側，沿著與車道平行的人行小徑往裡頭的公寓樓群走。這地方她來過三次，並不感到陌生。一小段路後，突然對穿高跟鞋走路失去信心，這是一雙新鞋，才買了一個多月，只因為女兒笑她只會穿船形鞋，土得像個南部鄉下來的歐巴桑，自尊心大受刺激，賭氣之下買的，現在雙腳踩在這對刑具上，她步子不穩，搖搖晃晃，覺得鞋子不是小了而是大了，很不跟腳，再加上滑不溜秋的玻璃絲襪，每走一步都感覺鞋子要從腳上脫落下來，不得不把注意力擺在腳上，非常折磨。

她突然記起女兒取笑她時臉上的表情，不，那不是表情，那是面無表情。是的，面無表情地譏諷、挫辱她母親，從髮型、衣著笑到生活習慣與觀念思想，有回她差不多掌了那個才上高中一年級的女孩一耳光，聽聽那大小姐怎麼說的：「媽媽只會買名牌，以為穿了名牌就不土了，穿來穿去都是襯衫長褲船形鞋，一看就是個南部鄉下來的歐巴桑。」

兒子也好不到哪裡去，她不喜歡吃酒心巧克力，說是跟吃藥一樣，止咳的川貝枇杷膏都比它強，兒子聽了立刻撇嘴，說南部鄉下人怎麼會喜歡吃酒心巧克力，鄉下人就喜歡吃花生貢糖。她不知道「白脫」麵包指的就是奶油麵包，也要遭他訕笑，說連英文單字 butter 都不認識，還想當什麼現代人過什麼國際化的生活。她當然認識butter這個字，只是不知道「白脫」原來是它的音譯罷了。這個大學生正在談戀愛，天天三更半夜才回家，一上床便睡得像個死人，女朋友的父母都是知識分子，是書香門第，他便遲遲不肯把自己的母親介紹給對方的家長，幾天前她在談話中插了一句英語，他便笑她：「拜託妳不要說英語好不好，太搞笑了，妳連國語都說不好，還說什麼英語。」

她越來越不喜歡她那一對兒女，或者說不喜歡整個臺北那一群知道所有東西的價格卻不知道任何事物的價值的青少年，他們吃好穿好住好，還有閒錢追時髦擺闊氣，然後反過來譏笑給予他們這一切的父母土氣落伍。

但是兩個孩子看她不起，追根究柢全是他們父親的影響，不知打什麼時候開始，「妳怎麼這麼笨」、「妳太不求上進了」這些話便口頭禪似的掛在她丈夫嘴上，不管是當著孩子還是外人，他也會毫不猶豫地貶損她。他那個人一向文質彬彬，言談動作打扮都喜歡擺出一種知識分子凡事不溫不火的氣派，可是對待她就連一點虛假的情面也不給。他當然早不愛她了，可這一年多來，連起碼的尊嚴也懶得替她維持，「同樣是女人，為什麼有的那麼聰明，有的卻那麼蠢」這話他不知脫口說過多少次，他是拿她跟他那個有名牌大學管理學院碩士文憑的情婦比較，要她自卑，要她理屈，要她把合法妻子的地位主動讓出來。

最過分的是，他三番兩次在情婦住的豪華公寓招待商場上的朋友，讓情婦打扮得花枝招展當女主人，卻把她喊來當廚娘，讓她給一屋子人張羅吃的喝的，在廚房裡忙得團團轉，幾回端盤子踏入飯廳，他看也不看她一眼，更不用說把她介紹給客人認識了。最後一回，她實在嚥不下這口氣了，把廚房及飯廳的殘局都收拾好，準備走之前，又躓進浴室去問：「我在這裡就只是個煮飯的啊？怎麼你從來就沒想到要把我介紹給外人？」

他小心地放下剃刀，雙手握著水槽，瞪著她出現在浴室鏡面中的臉，不耐煩地回答她：「因為妳太不presentable了。」鏡中他的臉額頭兩角放著油光，上頭紋路圓潤均勻，像精心描繪出來的一樣，五十五歲了，一點也看不出中年人的疲態來。

「你剛剛說那個英文字是什麼意思？你可不可以用國語說？」

「妳看，妳連這個字都不認識。」他繼續刮鬍子，不再搭理她。他看不起她時就這個德性，她知道他又把她當成南部鄉下來的歐巴桑了。

「他說妳拿不出去，presentable這個字是拿得出去的意思。妳連這個這麼簡單的英文字都不認識，這種老婆他怎麼好意思介紹給外人？妳啊，妳寧可閒在家裡發呆，也不想辦法去把英文補一補，難怪他嫌妳。」不知什麼時候他那個女人已走到了兩人身後，站在廊道上，突然冒出這麼幾句話。

她就是在那個時候萌生殺機的，她要殺了眼前那兩個無心無肺的狗男女。兩人口口聲聲罵她笨，罵她不長進，好，她就要聰明一次給他們看，她要設計一個完美的謀殺案，送這對從不把她看在眼中的狗男女去見閻羅王，她呢，她就要帶著上億元的家財回南部過下半輩子舒心的生活。

她精心策劃的下手時刻到了。

這是個黃昏遲遲不來的下午，西斜的太陽懸掛在天邊，總也不下沈，四周漾著薄霧，使草與樹都帶著一種絲綢般的光澤，空氣凝滯黏稠，就連遠處的淡水河看起來也像油田，顛動起伏，卻無波紋。她碎步匆匆，喘著氣，一束頭髮從髮夾上脫落，在臉頰上搖來晃去也不去管它，一心朝著目的地走，怕社區有迎面而來的人，記住她的臉孔。

她是從醫院逃出來的，長及足踝的風衣底下還穿著住院病人的制服。這回住院是兩年一次例行的全身健康檢查，中午進了醫院，護士來量了體重與血壓，取走血樣、尿樣後，就沒事了，等著二十四小時的飲食控制後，隔日好做進一步的檢查。離開那個單人病房前，她把衣櫃裡的兩個大靠枕拿出來塞入氈子下面，搖下了遮陽窗，做出正在睡午覺的樣子，然後穿著病人的制服假裝送雜誌回閱覽室去，再直接搭電梯到地下停車場去開車。手鎗是她幾天前黑市買回來的，連著子彈匣藏在衣櫃裡誰也沒有注意到。小公館的全套鑰匙是她偷偷打的。

事成之後這兩件最重要的物證她就直接開車到幾公里外的海邊往太平洋丟，要找到它們可得有大海撈針的功夫才成。

停在那戶門上寫著"Mr. & Mrs. Wong"的公寓前面，她冷笑一下，這對野合的男女一開始就以「王先生與王太太」自居，當她是個不存在的人似的，真是欺人太甚，但是一想到再過幾分鐘這王先生王太太就要雙雙奔赴黃泉，她心上就鬆坦不少，再說等警方派人上門收屍時，他們的鄰居就會知道他們真正的關係了。她把緊緊捏在手中的那枚鑰匙插入匙眼。

客廳沒有人，但臥房裡有響動，她幾個大步衝到那扇虛掩的門前面，一手推門，一手緊握那支已上了膛的小口徑手鎗。

房中的人聞聲從床上坐起來，她的男人睜大眼睛喝問：「妳跑到這裡來幹嘛？」她對準他的心窩開了一鎗，男人在驚恐中搗著胸口銳叫一聲從床上翻落到地板。她又把鎗膛對準那個因驚恐而張著大嘴的女人，扣了扳機。

她逼近床頭一步，突然笑出聲來，但那笑聲卻像啜泣，毫無笑意的眼睛裡閃爍著精神病患那種迷離飄忽的目光。結束總是來得又急又快，像拍照，「咔嚓」一聲就已成過去了。望著床上和床下兩個倒在血泊中的人，血一下子湧上她的腦門，讓她渾身顫戰個不停，只覺得頭暈目眩，眼前一片金色的光，光中飛舞著無數的黑色蚊蚋。

她伸手把蜷伏著的年輕女人往前大力一推，讓她側著臉趴在床上。剛剛她入門時兩人顯然正在歡好，都光著身子。望著女人一身細皮嫩肉，她想起她男人開始疏遠她、厭棄她，是在這個女人到公司上班後不久的事，在那之前，她男人不斷租用職業或半職業的身體，為他的享樂付些小錢，從他身上找到的一些小物件她知道，他偶爾也會帶女人上汽車旅館睡水床看春宮電影，可是從沒跟任何一個女人維持超過三個月的關係。就是這個她男人口中「絕頂聰明，人又漂亮」的女人，讓他使盡種種手段，要把她逼離她一手建立的家。這些往事突然重現她的心頭，像一次重擊，使她痛苦得幾乎喘息。她伸出戴著膠手套的雙手，緊緊扼住那個已死去的女人的頸根。

死者的皮膚微溫、透明，肌肉馴服地入眼，對她的手指毫不加抵抗。她突然間鬆了手，大力掐一個已經斷氣的人的脖子，實在是個笨得可笑的動作，而且很不解氣。在來不及意識到自己舉動的意義時，她驟然張大嘴巴，俯身到死者的背部，猛力咬了那個潔白無瑕的背一口。

*2*

她把車子停在社區入口游泳池外側，沿著與車道平行的步行小徑往裡頭的公寓樓群走。

她碎步匆匆，好像必須在預定時間到達預定地點似的，感覺嘴裡麻渣渣的，吃了一嘴濕鋸末也似，呼出來的氣帶著一股臭雞蛋味，這是體內虛火太旺的緣故，她已經連著好幾個晚上沒有闔眼了。

一股清涼的，甜絲絲的夜風迎面拂來，她不由得深深吸了一口氣。眼前這一棟棟立在山坡上的豪華公寓，像一艘艘擱淺的船，橫在濃黑的夜的汪洋中。這是入夜時刻，所有的人都圍著餐桌享用一頓豐美的晚餐，社區人行步道上不見任何夜歸人，倒是公寓樓層透著暖色燈影的玻璃窗裡，晃動著幢幢人影。

出發前她曾撥了一通電話過來，確定她的男人和那個狐狸精都已回到這裡，這是下手最理想的時刻，如果沒有意外的話，只要再過五分鐘就可以成事了，然後她會開著車子下山去，神不知鬼不覺的，誰也不會想到一眨眼功夫不見她，她竟有這等能耐自導自演出這齣完美的謀殺案來。

「妳連這個這麼簡單的字都不認識，這種老婆他怎麼好意思介紹給外人？妳啊，妳寧可閒在家裡發呆，也不想辦法去把英文補一補，難怪他嫌妳。」那個女人一旁幫腔數落她，那些話就粘粘糊糊地留在她的心裡，她就是在那個時候萌生殺機的，一心要殺了那兩個無心無肺的狗男女，送他們去見閻羅王，然後呢她就要帶著幾億家財回南部過下輩子舒心的生活。

她是從廟會中溜出來的，她夫家那頭的么姑一家人都在那兒，場面上么姑一家的熟人很多，沒有人會特別注意到她不見了，加上她是趁一夥人正圍著籤語筒拈籤條時開溜的，她知道拈完籤語條之後，緊跟著就是聽法師解籤語，十幾二十個人的籤語條一一解說，起碼也得用上一兩個小時時間，夠她辦完事情再偷偷歸隊了，到時她再拿個籤條請法師講解，讓眾人特別注意到她的存在，這就成了最好的不在場證明。誰敢罵她是個不求上進的笨女人，誰就得為那些話付出代價，很高很高的代價。

她手上提著五公升汽油，踻著迷濛的路燈走路，可是步子仍然很飄，她怕迎面撞上住在這個社區裡的人，注意到她手上提的那桶汽油，記下她的外表特徵，在案發後挺身出來指認她，這念頭擾著她，使她莫名其妙地心跳，步子越來越碎也越來越飄。

她終於停在那戶門上釘著"Mr. & Mrs. Wong"的銅牌的公寓面前。公寓位於第八層，據說那個女人認為住得越高視野和空氣就越好，所以才選了最頂層買。這下好了，等大火燒起來時，看她往哪裡逃？她要有膽由八樓的陽臺往下跳，就算不摔成肉餅也會摔得個全身癱瘓。

隔著一道門，她仍然聽得見屋裡的人你一句我一句地扯著閒話，這對野合的男女私下原來也經營著一份平實的家庭生活哩，這一層是她未曾料想到的，然而這個全新的認識只使她心中更加不平，她的男人從來也不曾心平氣和地跟她話家常，一開口不是斥責她就是命令她，一回想起來她心中還充滿著屈辱感。這時對門住戶突然響起了一陣電話鈴聲，讓她從思索中驚醒過來，她才以抖索索的手擰開汽油桶的蓋子，把整桶汽油緩緩灌到雕花木板門下方，讓油液順著門板由底下的隙縫流入屋子裡。

整桶汽油都倒淨之後，她才從口袋裡掏出一個打火機來，又從另一個口袋掏出一截紙頭，用打火機點燃紙頭，再把正燒著的紙頭往雕花木門下方汪著汽油的隙縫一丟，只聽見「轟」一聲，一團尾端閃著橘紅光芒的青藍色的火燄突然迸現眼前，同時聽見屋中的女人銳叫一聲，接著是桌椅被推翻的響動，「火！火！怎麼突然冒出——」這是她男人的聲音，可是她不及聽完下文，電梯便載著她離開八樓了。

那戶公寓鋪滿長絨地氈，擺著各式紅木家具，都是些易燃物，五公升的汽油灌在化纖地氈上，一燒起來肯定烈燄沖天，把對外唯一的通道用火舌封閉了，屋中那兩個人這時可能亂成一團，要不就想辦法滅火，要不就找門路逃生，這才發現那火勢是他們控制不了，而要逃生的話，就非得由八樓往地面跳不可。

她走出電梯，推開眼前那扇笨重的玻璃門，頭也不回地往通往社區出口處的人行步道奔去，直到置身於樹叢之後濃厚的陰影中，才回頭瞥了一眼身後的樓群，耳中彷彿還聽得見陷身火海中的那兩個人痛苦的哀號。她齜牙咧嘴，看起來像在發笑似的，雙腳卻抖得像兩根吉他弦，在來不及意識到要發生什麼事時，突然捂著肚子猛地嘔吐起來。

黝黑的天空沒有盡頭，來自虛無的風吹向虛無，而它覆蓋下的城市卻喧嘩浩瀚，比她印象中的更是大得叫人怵目驚心，一輛消防救火車就從那兒嗚嗚嗚開出來，筆直向她逼近。

## 3

她把車子停在社區入口游泳池外側，熄了火，靜靜坐在駕駛座上，雙手扶著方向盤，兩眼卻望著與車道平行的步行小徑，當上頭遠遠出現一個人影時，她認出對方並不是她要等的那兩個人，便佯裝翻閱手上的書，把頭垂得很低，免得被這住宅區裡的人睃在眼裡，記下她的外表特徵。

她知道她不會等太久的，那兩個人有晚飯後出門散步的習慣，路線也是固定的，沿著與車道平行的步行小徑走出社區大門後，就往左拐，走一段坡度很大的汽車路，走到山腳下，再接上夾在淡水河河岸與樹林間那條林蔭小徑。

她選擇的下手地點，就是那段坡度很大的汽車路，走那段路時，他們兩人毫無選擇的必須走在大馬路上，因為一旁的路肩太過狹窄，無法立足也無以援手，萬一碰上後頭有車子欺身而來，除了儘量往車道外側閃避，再也無路可逃。

她僵硬地坐在駕駛座上，眼睛在前方的步行徑道和眼下的方向盤之間游移，準備一見獵物打眼前經過，就發動車子尾隨而去。等待的當兒，心裡是沒頭沒尾的沈鬱與恐懼，心想他們如果發現她的車子，就會起疑、戒備，不是攔住她質問她何以出現在這地頭，就是遠遠避開她，讓她無法下手。要是他們正走在下坡的汽車路，發現她開著加足馬力的車子往他們撞過去，也許會奮不顧身往路肩外的斜坡閃避，他們可能會在滿佈礫石的斜坡上摔斷手腳或摔得腦出血，但大約不致於送命，一旦他們沒死，就會反過來對付她，不是把她送進鐵窗裡，就是暗暗害死她。她齜牙咧嘴，看起來像在發笑似的，其實早已被自己腦中那些念頭嚇壞了。

罷了罷了，她在心中勸自己，日日難過日日過，遇到傷心事，覺得過不去，可時間一長，也就過去了，何必這樣招攬麻煩呢？可一轉念，她想起前天她男人回家時，跟兒子說話，無意中漏嘴說出的那件事，便又怒向膽邊生。原來她男人夥著兒子和他那個情婦，請兒子女朋友一家人到外頭吃飯，算是雙方家長正式認可了兩家子女的交往。乍聽這件事她腦中一炸，臉色立即灰暗下來，抖著聲音追問兒子可有那回事，兒子從電視機前扭頭過來回答，有的，有那麼回事，為什麼不叫媽媽去，卻叫那個女人？這點兒子也有解釋，他想給女朋友的父母一個比較好的印象，因為「人家謝阿姨人長得多正，氣質多好，衣著化粧多有品味，而且又會說話。」

一個女人要有個在外頭另築愛巢的丈夫，孩子們發現他們的母親敗在姿色也敗在知識水平上，心甘情願去認外頭的女人當媽，她該怎麼辦？仿效她的丈夫，也去外頭打野食，用錢買甜言蜜語輕憐蜜愛？設法多要些錢，然後與丈夫孩子拍手兩散？還是到王爺公媽祖婆那兒去尋求慰藉？不，這些辦法都不適用於她，她自小被教育成一個以家為堡壘為聖殿的人，一旦沒有了家，她的生命就成了個巨大的空洞，與其活在這個空洞之中，不如親手毀了它。

就在她怔忡出神的當兒，那兩個熟悉的身影已打她眼前走過，走出社區大門，往左拐便不見了蹤影。這時她心中所有的喧囂與騷動都靜止了，只感到一種迫切的需要，就是採取行動。

她發動車子，一路倒車開出社區大門，緩速轉上左手邊那條坡度一路遞降的汽車道，一眼便看見前面手執手走在外側的那一男一女兩個人。這時她猛力踩下油門，車子往前加速奔竄，引擎吼聲與輪胎咬噬柏油路面的聲響，使百步開外那兩個人驚詫回頭，兩張嘴同時在風與塵中大大張著，她的車子就朝那兩張大嘴衝過去。

車子加速往前衝，瞬間拉近它與獵物間的距離，她感到車子撞擊硬物時的反挫力把她從座位中彈跳起來，眼前突然閃過兩個張牙舞爪的人，而轉眼間已無聲跌落，接著車輪被什麼東西重挫了一下，衝力硬是讓它從那團障礙物上面顛躓而過，後輪挾裹著它往前拖了十幾公尺，在路面開拓了一條血槽。但她並沒有煞車，雙手緊緊握住方向盤往前開，直到車子離開那段坡路，上了往市區方向的幹道，才慢慢放緩車速。

方才那兩個血肉之軀與金屬車體致命的撞擊，似乎把她這幾年對丈夫、對兒女、對那個破壞她安定生活的女人的全部怨憤，在瞬間傾泄掉了，她好像長途跋涉，終於抵達終點，突然幽幽一歎，撐圓的鼻孔呼呼吹出一股熱氣。在人性暴烈衝動過去之後，長年養成的馴順又習慣性地控制了她，她打了個乾嗝，歪著嘴嗚咽起來。

## *4*

她把車子停在社區入口游泳池外側，熄了火，戴著薄手套的手抓起旁座那個鼓鼓囊囊的塑膠袋，急急跨出車門，沿著與車道平行的步行小徑往裡頭的公寓樓群走。

她比平常到得遲些，半路上預估自己已沒有足夠的時間在他們下班回到家之前幫他們把晚餐準備好，所以在路上就順便買了些現成的食物，有半隻粵式烤鴨，有滷墨魚，一份蔥爆牛肉，和一盤涼拌海帶絲，冰箱裡還有一把龍鬚菜，只要拍幾顆蒜頭下鍋爆炒，再煮一鍋米飯，也就是像模像樣的一餐了。

近兩個月來，開車過來這個小公館替那兩個人準備晚餐已成了她的工作。這兒原先請了個歐巴桑，煮飯兼打雜，可那個女人嫌歐巴桑煮的東西不爽口，竟打了通電話跟她商量，要她每天黃昏開車過來這裡幫他們掌廚，話說得很沒商量餘地，「妳不必上班，閒著也是閒著，再說妳不能在事業上幫襯他，生活方面總可以多少盡點力嘛。」

雖然心裡一百個不情願，她到底還是攬下了這份工作。兩個人都極重口腹之慾，煮得好會稱讚她兩句，煮不好也會毫不留情地批評她，這使得她越發謹小慎微起來，作飯時不管是材料、刀工，還是火候，再小的細節都不敢大意。前兩天她挖空心思為他們弄了一頓海鮮大餐，那女人吃得慈眉善目的，忍不住誇了她幾句：「讓妳過來這裡煮飯是對的，瞧我們吃得多好，這樣一頓既美味又衛生的海鮮大餐，有錢在外頭都吃不到哩。」

「啊，妳高興就好了，」她雙手在圍裙上抹著，臉上綻出了笑花，竟出口叫那女人「惠珍妹」，說：「惠珍妹妳這樣讚美我，讓我不得不再想辦法改進廚藝。」口氣真誠而動情，這一叫把她心中對那女人暗存的一點恨意暫時勾銷了，可沒想到這一叫卻讓那女人更有理由輕賤她了，隨口回了她幾句：「不要跟我稱姊道妹的，我們不像嘛，這樣叫我，聽得肉麻死我。」她男人這時開口了，「好啦，沒事了，妳可以走了，不要太晚回去。」口氣裡沒有任何情緒傾向，單單就是要她離開他的視線範圍。

回想起這些事情時，她把嘴唇噘到牙齒上，深切的屈辱感仍然煎熬著她，她知道自己正置身於那兩個人的慢性謀殺之中，她的寬容與退讓都無法叫他們不把她逼上絕路，而要在他們日復一日的污辱與損害下不瘋不死，非得有一顆麻木不仁的心不可，可她知道自己永遠無法辦到這一點。

她坐電梯上了八樓，用鑰匙開門進入屋子，把手中那個裝滿食物的塑膠袋提到廚房餐桌上放好後，扶著頭跌坐在一把椅子裡，淚水在她虛腫的臉上慢慢淌著。為了今天這個計畫，她已經連續失眠了半個月，每回在腦中預先演練各個細節時，都會渾身戰慄。是的，她要利用那兩個人的貪嘴殺死他們，他們絕對不會料想到像她這麼馴順的一個人，會向他們下毒手，所以在面對她為他們準備的食物時，也會像慣常一樣毫不起疑地敞開肚皮大吃，接著他們會在一陣痛苦呻吟後，倒在餐桌旁，再也爬不起來。

她父親得了末期肝癌躺在醫院裡，為緩解他的痛苦，醫生不斷開嗎啡當止痛劑給他，她在病榻旁跟父親傾訴那兩個人如何欺凌踐踏她，一向疼她惜她的父親不斷點頭表示理解與同情，當她提出要他把醫生開的嗎啡留下來給她時，她父親立即答應了。父親足足忍受了一星期的疼痛，才收集到足夠劑量去毒殺那對無心無肺的狗男女的嗎啡，那些嗎啡就全抹在她買來的那隻粵式烤鴨與滷墨魚上頭，這兩色菜口味都很重，那兩個貪吃鬼狼吞虎嚥時，想必不會發現味道有什麼不同的。

父親當然也會為她守祕，這是他活在人間能為自己女兒做的最後一件事了。待會兒侍候那兩個人進餐後，她就立刻開車子上醫院去陪父親。命案發生後，警察要是問她要不在場證明，她可以說是一直在醫院陪著病人，一旁的護士也可以為她作證，因為在開車上這兒來之前，她已先上了醫院一趟，烤鴨與滷墨魚便是在父親的頭等病房裡再處理過的，她的外套與皮包也還留在病房的沙發椅上，彷彿她到了後便不曾再離開的樣子。

5

她走出那棟河岸山坡上的豪華公寓，等走得夠遠時，才回頭去打量它，那一棟棟美奐美奐的房子，在暮色中看起來只是連成一大片的黑影，像一直咬緊牙根的天與地趁著夜幕方才啟口吐出它們，還帶著新生命的躁動與不安。

這一條路她已來回走了近百回了，就算沒有腳，她的鞋子也會自己覓著路徑。每回來的時候，一步步走向掛著"Mr. & Mrs. Wong"銅牌的那戶公寓，她心中總懷著一個又一個凶念，使她整個人被折騰得渾身乏力，事後回想起當時浮現在腦中的種種可怖情節，關於如何用浸泡過高純度嗎啡的烤肉與滷味毒得那兩人七孔流血，如何讓四個飛馳的輪子從那兩具血肉之軀上輾過，再挾裹著它們在路面開拓出一條血槽，如何往門下灌入大桶汽油劃火燒屋把他們逼得由八樓往下跳，以及如何用手鎗把他們打得心窩開花腦漿飛濺等等，還會嚇得她一顆心卜突卜突地狂跳。

腳下這條路有如現實與幻想之間的紐帶，來時由現實走向幻想，離去時則由幻想回歸現實，謝天謝地，幻想總是不曾與現實混淆，甚至取而代之，謝天謝地，沒有子彈，沒有飛輪，沒有烈火，也沒有毒藥，只要那兩個可恨的人仍然活在這個世界上，她就不會掉進那個由刑警、審問、供詞、筆錄、手銬與鐵窗織就的噩夢之網了，她就可以死乞活賴地把日子過下去了。

# 奇寒無雪的季節

母親從基隆來了通電話，告訴雁西他大姊夫在紐約過世的消息。是肝癌，從檢查出來到病故，也不過短短兩個多月時間而已。打從大姊夫病倒到亡故，大姊都沒有電話回臺灣娘家，這回也是母親打過去，才得了那個消息。

掛了電話後，雁西把自己埋入沙發椅裡，腦中浮起河岸邊他大姊夫周天牧透在星空裡的佝僂背影。大姊夫比大姊多三歲，大姊今年四十七，算起來大姊夫也才五十歲而已，這麼年輕就走了，果然人生對他是太沈重了。

雁西真正認識大姊夫，是在三年前那趟紐約之行。那是個不快樂的人，國內一流學府外文系的高材生卻淪落到紐約布朗克斯區守著一個破舊的雜貨店勉強維生，難保那顆知識分子的心不會在某個獨處的時刻，突然受不住那種叫人寒至齒冷的生活暗潮。雁西以自己的靈魂為證，知道他並不快樂，跟所有自知駿骨已凋卻莫可如何的人一樣不快樂。

周天牧站在河岸邊，指著遠處的自由女神像和她水中的倒影，說：「自由女神，自由女神，全世界每個人都要來朝拜自由女神，你們這些觀光客看到的紐約，跟我們這種老紐約看到的是兩個世界。投哈德遜河或東河自殺的人，屍體總會被沖到自由女神像腳下來，最高紀錄是一天三具！可是全世界都以自由女神為光明與自由的象徵，她的火炬照耀下的土地就是人間樂土。」

河岸天寒刺臉，頭和手掌裸露的部分都覺得貼冷，那種冷還滲進皮鞋裡，把腳趾都凍痛了。雁西和李英傑這兩個臺灣暖慣了的年輕人，下飛機一星期了對紐約的冷仍然沒有適應過來，鼻水淌個不停，一邊搓手一邊原地跳躍活絡血脈，可是並不濟事，這時雁西的大姊雁貞就解下圍巾，卻不知要遞給哪一個，「你們誰受不了冷，把這拿去圍著。」見兩個年輕人都不伸手來接，便把圍巾硬塞給李英傑，然後把一頭長髮收入大衣領口，蹬著靴子退向一邊暗影裡。周天牧也解下自己的圍巾，遞給了雁西，說：「多繞幾圈，連下巴都裹住。」

月亮已經升高了，略偏向南，滑進寧靜的夜空，偶爾他們可以看到減速要下紐約的飛機燈光，這時天心有一片輕煙淡霧似的雲朵飄過、散逸、消失。下一分鐘，一夥五六個人直衝他們過來，為首的滿面笑容，是李英傑的女朋友孫玉瑛，後面三女一男朝他們梭巡一陣後，一個身穿亮黃色羽絨衣的女士搶著說：「我們是專程來看崔雁貞的，聽說平常她都不跟這裡的中國人來往。」說著便朝崔雁貞迎上幾步，「我們這裡每個人都讀過妳的書，妳那本《紐約隨筆》，我翻都翻毛了邊。」說完又介紹起身後另外四個人的姓名身分，可是聲音卻被淹沒在一群人的大聲喧嘩裡。

崔雁貞一直笑而不語，伸出手跟新來者每個人握了握。

黃色羽絨衣是孫玉瑛的姊姊孫玉琪，嫁了個美國醫生，住在曼哈頓區東三十街，另外兩個女人是她的女朋友，沈小姐在一家臺灣人開的旅行社上班，蕭小姐跟同來的唯一男士何先生合夥做貿易，這夥人中午就在孫玉琪家包水餃煮酸辣湯聚餐過了，因為是星期天，都沒事，一聊聊到入夜，又讓何先生開車送孫玉瑛來赴他們這個約會。

「我剛剛跟這兩個臺北客介紹自由女神像，說跳東河和哈德遜河自殺的人，屍體都會沖到她腳下。」

「紐約亂得很，天一黑就沒有人敢走過中央公園，都說這是一顆爛到了心的大蘋果。」何先生接過周天牧的話說道。

雁西對紐約的了解，大部分是從伍迪艾倫的電影和約翰厄普代克的小說得來的，在中央公園做日光浴或徹夜狂舞的人，曼哈頓參天的水泥森林，蘇荷區的窮藝術家，還有黑皮膚的布魯克林……這回來了真是大開眼界，因為有他姊夫周天牧這個憤世嫉俗的老紐約做嚮導，看到的大概是最無粉飾的那一面了。昨天他們在格林威治村，周天牧要他跟李英傑注意幾個神色恍惚的傢伙，說那些都是毒販子，說街頭巷尾到處蕩著癮君子，他們可以為了搶幾百美元去買白粉而開槍殺人，「在這裡，只要花上幾百塊美金，就可以雇一個還沒資格考駕照的毛孩子去替你幹掉某個人。」

周天牧點起一根煙，煙頭的火光映亮了他的臉，「拜完了自由女神沒？可以走了嗎？」他又抽了濃濃的一口煙，把白煙往虛空吐，「我們找個地方吃飯吧。」

那一夥人原來說是要上周天牧那兒的，方才電話中把開車上門的路線都交代清楚了，可掛了電話不久，雁貞突然說要帶他們出去看自由女神像的夜景，讓李英傑再敲電話把那一夥人約到神像附近的河岸碰頭，還特別聲明，看完夜景後請大夥到附近找家餐館吃個便飯。

一群人沿著那條商業大道走，邊走邊找飯館，經過一家叫「披薩吾」的義大利快餐店時，周天牧提議進去吃披薩餅，「他們的沙拉吧免費供應，愛吃多少拿多少。」幾個人圍著看貼在玻璃櫥窗上的招牌菜照片，看了一回，孫玉琪突然說了：「這種國際連鎖快餐店全世界一種味道，臺北一定也有，我們還是帶他們去吃點臺北吃不到的東西吧。」

李英傑也不想吃披薩餅，這時候沈小姐來了個主意：「這附近有一家北歐餐廳，上過電影，我在 *Cosmopolitan* 雜誌上讀到過，說以前小甘常常帶他那個明星女朋友戴莉漢娜上那兒吃飯。」

雁西聽沈小姐那樣介紹，心中有些戒備，猜想那家餐廳一定貴得去不得，瞥了一眼走在一旁的姊姊，看她臉上不動聲色，心想也許自己太多慮了。剛剛河岸邊他已經想通了他姊姊雁貞突然要兩夥人大冷天裡到外頭相會的道理了，姊姊家住的那個布朗克斯區是全紐約最貧窮破敗的一個區，姊夫在自家樓下開的那家雜貨店也很不體面，她不想把不相干的外人延上門，暴露了自家的底蘊，所以才巧立名目在零下六七度的氣溫中把大家往屋外趕。

雁西一路恍恍惚惚，心神不寧，他想著姊姊的事，感到非常酸楚。窮困摧殘著人的天性，將每個靈魂都壓得扁平，姊姊也不例外，窮已成了她心理上的一個弱點，一個不能燭照的隱諱了。但是雁西固執地認為，她腦中一定還充滿著無數完好的夢境罷，否則她怎麼能畫出那麼美的畫，寫出那麼不帶煙塵味的文章？

雁貞自小在同儕之間負才女之名，大學美術系畢業之後，與已服完兵役的未婚夫辦了公證結婚便一起到美國留學。她曾在一篇閒文中寫道，為了支持另一半的學業，她靠著一支炭筆為觀光客畫速寫，一畫就是兩三年。出國頭十年還曾兩度回臺北舉行畫展，以略帶抒情風格的新表現主義畫風，在國內闖出了自己的名號，同時為國內一家藝術雜誌寫紐約藝壇航訊，還得過一個省級文藝獎章。在雁西的成長過程中，她始終是個學習的榜樣，當別人把他介紹成「崔雁貞的弟弟」時，他也一直以擁有一個這樣的同胞手足而驕傲。

然而雁貞在紐約的生活，與雁西在國內想像的完全不一樣。雁西一直以為她過得很好，是留美學人，是高級知識分子，是藝術家，是住高級住宅區的華裔新貴，也就因為這層誤解，這回來紐約，他才把李英傑也帶到雁貞家落腳。

雁西一直以為姊姊過得很好，至少在她給母親的家書中創造出了這個印象。她甚至不定時寄錢回去給母親，額數不大，但是對幫守寡多年的母親安家，也不無小補，直到這些年雁西開始工作後，她才停止匯錢。雁西不知道母親到底知道多少，在母親口中，姊夫在棄文從商後，經營一家專門進口大陸古董家具和工藝品的貿易公司，還有自己的門市部，生意做得很興旺，雁西也一直這麼相信。大前年姊姊與姊夫偕唸高中的女兒回臺北時，住的是圓山大飯店，姊姊甚至在飯店的咖啡廳辦了一次與國內藝文界人士歡敘的茶會，那樣的排場與消費，在在暗示著他們經濟的寬裕。那回母親真是快樂極了，每天從基隆搭公路局車子到臺北跟他們相會，姊姊還曾提議，要在圓山飯店為母親也開個房間，母親一聽房價，慌得連忙搖頭推拒。那回姊姊回國，是回去領她最看重的那枚省級文藝獎章。

沒有專門進口大陸古董家具與工藝品的貿易公司，沒有門市部，華裔新貴一點也不貴。雁西抵達紐約的第二天就弄懂了這一切。有一爿就開在自家樓下的小雜貨鋪，賣些沙拉油與衛生紙，四壁了無裝飾，牆紙晦重不見底色，兩口大雪櫃拉門壞了，也不修，就用兩張透明塑膠布從頂部覆蓋下來代替玻璃門，牆角堆滿一袋袋馬鈴薯與洋蔥頭。雁西吃驚地發現貨架上竟也找得到大陸出口的醬油和泡麵，姊夫告訴他，附近的黑人現在也都懂得吃這類中國人的食品了，銷路好得很。

姊姊為了貼補家用，在上大學的女兒空出來的房間裡擺了一部工業用洋裁車；每星期從曼哈頓南端中國城一家大陸人開的成衣加工廠接來一批半成品，埋頭幹起按件計酬的成衣代工苦差。頭一回雁西從半掩的房門看到那部洋裁機時，吃驚地問大姊：「怎麼妳還自己做衣服呀？」她慌忙把房門拉上，說：「我平常沒事，喜歡自己做做窗簾沙發椅套。」

姊姊和姊夫把屋中的主臥房讓給了雁西和李英傑，兩人住進那個擺著洋裁機的房間裡，姊姊每回從裡頭走出來，便仔細地把門拉上，在姊夫忘了這麼做時，她還會不動聲色地把那個動作補上，彷彿裡頭藏著一具屍體。

抵達紐約後第三天，雁西和李英傑與孫玉瑛約好一起去登一百一十層的世界貿易中心大廈，看動感電影。電影是介紹曼哈頓的高樓大廈，坐定後繫上安全帶，電影就開始了。銀幕上先是汽車在大廈間急駛，他們也像坐在汽車上一樣，座椅也隨著晃盪，好像整個房子都在運動，如果不繫上安全帶，肯定會把整個人甩出去。接著他們換了交通工具，飛機在樓群上空與間隙上升、下降、兜圈子，座椅也上升、下降、前俯、後仰，晃動的幅度更大也更激烈，觀眾中不時有人失聲尖叫，一棟棟造型與色調各自不同的大樓在眼前匆匆來去，眼看著飛機就要撞上一個樓角了，突然機身一提，又逃過一劫。就在這個時候，雁西突然感到胃部劇烈翻騰，一股酸水直往喉頭冒，趕忙捂住嘴巴，往動感電影院的出口衝，剛剛好來得及把滿嘴源源往上冒的穢物吐在廊道轉角的一口垃圾筒裡。

那天雁西沒跟李英傑與孫玉瑛去逛時代廣場，直接搭了地鐵回姊姊家去休息。是樓下雜貨店工作著的姊夫開了樓上住家的門讓他上樓的，於是雁西便看到了姊姊坐在洋裁機前車衣服的樣子。她神情非常專注，戴著眼鏡歪著頭，不時用牙齒咬住下唇，好像在做一件很傷腦筋的事。她自小手腳就不伶俐，那車衣服的差事真難為了她。洋裁機落針時切切切切一點一點的聲響，被速度串成一條長長的線，像一班轟然輾過荒野的火車，不斷地軋在雁西的太陽穴上，方才在動感電影院裡欲嘔的感覺又回來了。

雁西靜靜站在客廳一角的暗影裡，心底深處，很奇怪的，暗暗的，恨著正忙於生計的他姊姊。他猜想李英傑那個機伶鬼早就看穿了姊姊一家的底蘊，他恨雁貞為什麼不在他出發前，就阻止他把李英傑帶上這兒來，他猜想這當兒，李英傑與孫玉瑛單獨在一起，一定正興奮地告訴孫玉瑛這兩三天一連串的大發現，關於雁西那個名人姊姊、才女姊姊、藝術家姊姊、知識分子姊姊的窮窘與寒傖……他又想到，雖然誰也沒有告訴李英傑他姊夫的店就是樓下那家破敗的小雜貨鋪，而且每回進出都刻意繞到大樓的後門，避去得經過雜貨鋪的路徑，但是那個機伶鬼看到他姊夫在家中缺瓶礦泉水一包衛生紙時就抓過鑰匙下樓去拿，三兩分鐘便鼻息咻咻上樓，大概用膝蓋骨的智慧也猜得出來是怎麼一回事……是的，雁西恨他姊姊，也恨他姊夫，恨他們不爭氣，恨他們窮，又因為這恨而感到一種難以界說的痛苦。那一刻，他憬然領悟到這兩三天來，使他胃部糾結成一團，動不動就要往外吐穢物的病因了。

是的，她那一份生活，再一次讓雁西感到人生的荒謬性，為什麼姊姊寧可呆在這異邦人的土地上做個彆腳的車衣婦，也不肯回自己的家鄉去？為什麼在紐約日子過得這般狼亢，回臺北時她卻非住進一個晚上近兩百美元的圓山大飯店不可？為什麼已經一大把年紀了，她還甘心活在謊言裡？現在她抬起了頭，朝窗外看了看，慢慢摘下眼鏡，揉揉疲瘦了的雙眼，雁西才注意到她戴的是老花眼鏡。老花眼鏡！可是她臉上經常會有十分天真無邪的表情，好像她從未經臨任何生活的憂患，她那號表情，是文藝少女的表情啊。

然後她發現了雁西，迷惘地看著他的臉。她的眼睛看起人來，也彷彿在眺望遙遠的地方。她迷迷瞪瞪地站起來，走向雁西，柔聲說道：「雁西，你看姊姊這日子過得很辛苦是不是？」然後拉著他的手移步向客廳那張人造革沙發，「我們也是沒辦法，我跟你姊夫唸的都是文科，搞文學藝術，又是外國人。」她又習慣性地朝窗外望了望，又是一個紐約的陰天，她嘴角兩旁的肌肉意外地抽動了幾下，她正企圖微笑，但是她的臉已失去了笑的機能，她的笑像月光一樣，是淒清恍惚的，又像夢中的幻影，一掠而過。

雁西不置一詞，他感覺那一刻的沈默對她十分殘忍，也還覓不出半句話來。她在為從前撒過的謊找理由，也知道雁西了解她的企圖，但她卻以驚人的決心往下說：「樓下那個雜貨店就很不容易了，跑了十幾二十回銀行才貸到款，幸虧現在已經還清了。」說到這裡，她突然像面對相機鏡頭那樣燦爛地笑起來。

現在雁貞又像面對相機鏡頭那樣燦爛地笑了起來，她在謝沈小姐把大家領到一家氣氛這麼怡人的餐廳來。雁西懷著近乎朝聖的心情，細細觀賞了餐廳的裝潢與擺飾，從一團灰的圍障與烏烏叫嘯著的西北風中踏入這個鋪著銀白色長絨地氈與金黃色天鵝絨帷幕的宮殿來，迎面就感到一團暖炖炖的春氣，溫軟堪戀。一群人都盛裝而出，而且個個一表人材，雁西略略後退一步，暗中打量了同行幾個人一番，心中不無慶幸之感。

那個溫文爾雅，長得酷似法國演員尤蒙頓的老侍者把他們一夥人領到二樓一個包廂座裡，不久便送來一疊暗紅封面燙金字的菜單。看得出來孫玉瑛孫玉琪姊妹帶來的這一夥人都是吃喝玩樂的行家裡手，很快他們就把菜單研究清楚，各自決定了自己要的菜式。

周天牧坐在一旁抽煙，身體深深陷入椅子裡，雁貞則緊抿著嘴唇看菜單。雁西已閤上菜單，心中想著，在這麼昂貴的餐館進餐，眼前這一夥見慣世面的人，總不會涎著臉讓他姊姊請客罷。

等上菜的時候，孫玉琪再度說起她對崔雁貞的傾慕，這個女人誇獎起人來是十分樂善好施的，而且能夠重點發揮，說話時擰眉噘嘴的，臉上的五官像在玩大風吹，雁貞一逕帶著笑聽她說。孫玉琪從雁貞的書說到雁貞的畫，再說到雁貞的籍貫，想不到關於祖籍這個嚴重限制想像力的話題，她也能說得頭頭是道，彷彿雁貞的所有靈氣與才華，都跟那個她去也沒去過的地方有絕對關係似的。

上了菜後，一桌人顯然都有些失望，眼前的食物看著碌碌無奇，與餐館響亮的名氣搭配不來。周天牧最後一分鐘才點了一客什麼「魔鬼的太陽」，現在正面對侍者以宮廷儀禮端上來的那盤東西瞪目結舌。那是一盤極尋常的義大利麵條，可麵條上面卻擺著一團鮮血淋漓的牛肉碎，牛肉碎上面是一個燦爛如旭日的鮮蛋黃。

侍者把飯中酒在雁貞的高腳杯中注滿杯底，雁貞品了品，微笑著點頭表示認可，他便給座中每個人斟了小半杯。玉琪玉瑛姊妹和她們的女伴都要了沙拉、冷盤開胃菜和主菜，每吃完一道都不忘交頭接耳評論一番，幾張嘴像漏水的龍頭，滴滴嗒嗒沒個完。周天牧忍無可忍，終於揮手叫來站在一旁那個年輕侍者，請他把那盤麵食拿到廚房炒熟了再端給他，年輕的侍者面露難色，說話時臉上卻堆著微笑。他說他無法作主，得去向上頭請示，轉身離去幾分鐘後，便領來了那個長得像尤蒙頓的老資格。老資格傾聽完周天牧的要求後，輕淡地搖搖頭，說：「先生，我恐怕難以照辦，這事兒沒有前例可循，我們不能單單為您一人打破本餐館的規矩。」

周天牧臉上堆著笑，用他那一口漂亮典雅的學院英語說：「哦，您知道我們中國人幾千年來就不吃生肉了，這是祖先立下的規矩，可不可以為這個理由開個綠燈？」

老侍者輸給他了，端著盤子躬身而退，約莫十分鐘後又把那盤帶著牛肉碎與生蛋黃的麵條送回來，微笑著解釋：「我們的大廚很體諒您的感受，但是他說這道菜是本餐館的招牌，我們不能放把火燒了它。」他巧妙地把客人炒熟那道菜的要求說成放把火燒了餐館的招牌，自覺幽了一默，等著一桌人報以笑聲。

周天牧哈哈笑了起來，其餘幾個人也跟著笑，老侍者微微頷首退下去。周天牧的笑聲突然被什麼噎住了，咳嗽著想清除出來，竟迸出了眼淚。

一頓飯吃下來，座中人臉上都泛起了油光，女士們的紅唇卻褪了顏色。沈小姐當桌補粧，拿出粉盒就著盒蓋裡的小鏡子畫口紅，先劃下唇，再上下唇對抿一下，算是大功告成。這時何先生才注意到周天牧眼前那盤食物動也沒動，突然幽了一默：「你這也是在砸他們的招牌嘛。」

「總好過砸我們中國人自己的招牌呀。」

一桌人都笑了，孫氏姊妹還鼓掌表示激賞。

周天牧就此無話，又孤獨地坐在自己製造出來的香煙煙霧中，直到侍者送來賬單交給他妻子時，他才繞到雁貞身後，越過她的肩膀看她填寫支票，臉上的表情突然凍結住了。

何先生立即出聲表示要分攤賬單，雁貞帶笑回絕，何先生也就不再堅持，孫氏姊妹帶頭朗聲謝周先生周太太，一桌人紛紛推開椅子站起來，女士中較寡言的蕭小姐突然開口：「這種餐廳就是來吃個經驗。」沈小姐馬上附和她：「是啊，看看小甘和戴莉漢娜那些大名人都到些什麼地方吃飯。」

周天牧這下管制不了自己的口舌與表情了，他眉頭一皺，憤憤地說：「就為吃個經驗？這個經驗太昂貴了，剛剛那一餐足足夠我們買兩個月的菜了。」

雁貞怕她丈夫再發揮下去，趕忙微笑著把一隻手插入他的臂彎裡，偎著他往前走。一老一少兩位侍者一直殷勤地送到樓下大門，因為方才雁貞在賬單之外，又慷慨地付了一筆豐厚的小費給他們。

一走出餐廳，又置身於那個寒徹骨的世界，街燈不及之處，是一片灰的圍障，雁西用戴著手套的手摀住裸露的臉龐，心想生命所有的段落是不是都會落得如此的下場呢？卻聽周天牧兀自對著一空紐約的夜寒說：「這天氣真是冷得雪都下不出來了。」

這話讓雁西心口一震，他這個亞熱帶土生土長的人一直以為雪是冷的極致，冷到極點時，鵝毛大雪就會鋪天蓋地而來，為蒼涼的人間披上一件美麗的銀白色大衣，抹去地面猙獰的色調與硬厲的線條，人們都偎在灶火旁歇息，吃烤栗子，喝甜酒，談文學道人生，等待春回大地。可是卻不！竟也有眼下這種奇寒無雪的季節，放眼街燈黯淡，樓群冥然，街心吹著遲疑的晚風，一群禿樹石化了也似地沿街站著，溜牆風也掃它不動。為了防止行人在結著薄冰的路面滑跤，市政府在大街小巷灑上幾百噸的海鹽，那帶著褐色泥沙的鹽粒，使紐約看起來更髒更舊了。

雁西從沙發椅裡站起來，做了個擴胸運動，放鬆因長坐而痠痛的肌肉，但他耳畔還刮著紐約的風，耳輪還承受著紐約透骨的冷，彷彿又看到他姊夫周天牧從外頭回到家後，直奔廚房下麵吃，一邊在昏黃的燈下照管著水開，一邊皺著眉頭想心事的樣子。雁西走向他，周天牧神情索然，囁嚅半晌，終於掏出了心底話：「你姊姊太愛面子了，總是這樣，擺了排場，空了錢囊。」

事後回想起來，姊姊極力要維護的自尊，其實一點也不抽象，在那家北歐餐廳的時候，雁西也曾暗暗地希望姊姊和姊夫把排場擺到底，不要在那群自私又勢利的人面前露出窮酸相，後來姊夫在姊姊把賬付了後，才又說出那幾句酸氣四溢的話，雁西更是打從心裡覺得他不合時宜，把花了大錢才撈到的面子又給丟了，心中大大替姊姊感到委曲。雁西差不多是了解姊姊的，她的夢她的詩經過積年異鄉的風漬雨涸已經黯淡了，那顆女性敏感的心也漸漸不敵現世魔法的傷害與殺戮，可她不要旁人看到這些，她一面忍受俗世的種種侵擾，那是她始終無力杜絕的，她的報復方式是以文學藝術來引領自己走進那亙古的夢想，並對那片未知之域許之以美，雁西想，對她而言，生活大概並非都是發生過的現實，那裡頭一定也包含未發生的夢羅。

切切切切切切，這時姊姊踩洋裁車的聲音在雁西耳畔響起，又是一個紐約的陰天，她慢慢摘下老花眼鏡，眼光穿過搖下一半的遮陽窗與窗臺上的秋海棠，注視著狹窄彎曲的街道，看到上頭移動著的雲的影子，聽見鴿哨聲從灰濛濛的空中劃過，還有一個個異邦人駕著喧囂的車子，嘶吼著輾過她的夢土。

# 在旅途上

飛機衝破雲層後，平穩地懸在亮藍的雲天。剛解開安全帶，一抬眼便見隔座向妳投來一個深深的注視，目光與妳的交會時，臉上綻開了一個充滿通契感的笑。那是一張會勾捕陰影的歐羅巴人的臉孔，側面影銳毅有力，看起來是那種生得好又教養得好的類型。這張臉使妳想起了提姆，提姆給妳的第一印象也是如此，安靜、優雅、俊美，對這樣一張臉孔妳以前從來就不設心防的，但是現在不同了，在提姆身上的那番經歷，已把妳的心裹在一層冰殼子裡，單單一個深深的注視與充滿通契感的微笑，是不足以消融它的。

這是由倫敦飛往香港的航班。方才登機時，妳走在一溜長龍似的同機乘客之間，看著他們帶著各自的背景奔赴各自的前程與命運，猜想他們腦中大約還留存著機場惜別時的眼淚與笑聲，因而臉上都帶著晦澀的深思的神情。只有妳的心一片空白，提姆把妳送到機場就走了，臨丟下妳之前，他伸手過來把妳摟入懷裡，隔著一縷髮絲在妳額上吻了一下，如此而已，就連一句惜別的話也沒給。妳不了解提姆，不了解他所代表的那個國家那個民族那個人種，不了解徹底的決裂與離別之前竟吝於一句惜別的話語，到底意謂著澆薄還是深沈，意謂著對與妳間的那一段，他將徹底遺忘還是銘記心中。妳無從了解，甚至連推究的由頭也沒有。

舷窗外仍然是個亮藍的天，妳把臉貼在上頭，以憂悒的眼光睇睨外面水紋一樣的雲影。故事已經開始很久，也還繼續著，因為生命源源不絕，而悲哀與失望始終在潛伏著在瞄準著妳，因而這段航程跟所有的航程一樣，對妳充滿著神祕感，就像在一條長長的膠捲裡禁錮著一截截生命的片段，挾裹著前因與後果，隨著時間的流逝一一顯影，妳認識其中的喜樂與痛苦，那一切都有妳的份。

空中小姐送來晚餐時，妳的隔座祝妳有個好胃口，妳的隔座的隔座是個蓄著仁丹鬍的日本人，活像從哪部抗戰影片中走出來的山本或高橋，這時也舉杯與妳的隔座互祝旅途愉快。那張日本人的臉使妳有好一陣子玄想，妳想上帝大約給每個民族都分配了定量的面容，這些面容在一個地區一些族群中交替出現，所以長著一張這樣的面容者妳一看就知道是個日本人。不知怎麼，所有的黃面孔都不吸引妳，這種傾向在成長的過程中越演越熾，因而上大學時在親密的朋友圈子裡，大家都知道妳是個香蕉型人物，white fantasy，她們說，是的，只受白皮膚的歐羅巴面孔的吸引，那種會勾捕陰影的高山深谷式的面型，那種法相莊嚴，優美如神祇如旭日的白色的臉孔。Why not? White fantasy.

空中小姐撤走晚餐的餐盤之後，機艙裡的喧嘩與躁動才又慢慢沈澱下來。食物使妳的臉色溫潤了一些，於是妳的隔座便來攀談了。回家嗎？是的回家。到倫敦是出差還是旅遊？都不是。都不是？妳點點頭，心想，我才不會告訴你我去跟一個像你這樣的白面孔的男子試婚，試了一年兩個月，失敗了，正在鎩羽而歸的路上呢。我不會告訴你的，諒必你也想像不到。

對倫敦對英國印象如何？噢，倫敦一年三百六十五天裡有三百個陰天，那種灰色的打著黑色補丁的天空，看久了叫人厭世，還有英國人沒有笑容的臉孔，大概直接拷貝自天色，看久了也叫人厭世，幸虧現在我已飛離那個地方了。他表情僵了僵，企圖對那席話表現出一點幽默感，卻沒辦到，只見他神色凝重地說他很遺憾聽到對他的國家與人們這樣的評語。

妳說妳也很遺憾，但那是真話。他沒再答話，很快埋首一份日報裡。妳也從背包中拿出一本書來，看了幾行後，發現自己心思全不在上頭，鉛字在妳眼中簡直是螞蟻蹀躞。在倫敦最後那幾個月時間，妳是那麼憂悒那麼消沈，整個兒地暴露在叵測的命運前，一個企待著愛的囈語與美的頌詞的年輕女人，猝不及防地被摘去虛榮的紅纓帽，面對人生的禿頂，最後只有以看電影和小說來麻醉自己。可很快地也就厭倦了影像與鉛字虛擬的那個世界，想到這半生也就是因為深中那些影像與鉛字的毒，才會在那塊異邦人的土地摔了個大觔斗，摔得個鼻青臉腫。

妳脫下了薄外套，除下戒指耳環平底鞋，把長髮用橡皮筋一束，找出封在塑膠袋裡的毯子鋪在膝上，又把臉轉向舷窗，望著窗外濛濛無極的淡藍的雲天，望到天色及至於灰，及至於黑，及至於夢。妳睡著了。醒來後，生命正高高懸在兩個定點之間，自己淩空蹈虛，一個人，在萬丈高空之中，在宇宙長夜深處。妳撫著自己的臉，指尖觸到一點涼意，那是妳的淚，獨自一個人，在萬丈高空之中，在宇宙長夜深處，落淚。

我對妳已沒有了愛，請妳離開我，讓我鬆口氣，給我自由，好嗎？他是個不太會說重話的人，可他終於開了口。

空氣中飄浮著深陷夢鄉的同機旅客的微鼾，聽在妳耳中，卻分外感覺到自己的清醒。

他不太說重話，感覺不好時，他就緘默。可他緘默的時間越來越長，長到一整天一整夜，長到一星期，後來就到客廳去睡沙發床了。他一直沒讓妳知道問題的癥結在哪裡，也許他自己也沒法真正透析。妳沒有別的法子可想，只感到一種憾氣，差不多要窒息了，於是他一出門上班，妳就搖下遮陽窗埋頭睡覺，直到把腦瓜仁睡疼了為止。那天他揚手叫妳走之後，妳在他面前靜靜地流了一頓淚，從他的眼中妳看到自己的淚如何冰粒子也似地一顆顆摔在衣襟上，覺得那景象一定很淒美，妳這個東方女子總算學會西方式的在悲極痛極時維持優雅的緘默了。

那個晚上他輕輕推開房門，走來跪在黑暗的床邊，抱著妳的雙膝哭泣，妳知道他也不捨，可是他已下定決心割捨，那頓黑暗中的嚎哭對他其實極具建設意義，他在妳走之前便已把心掏清出空了，他又是個自由的人了。

我到東方去，原以為要花很長很長的時間尋覓，可是妳卻在認識我的第二天就跟我上床了。妳打斷我的尋覓，我的嚮往。妳太，太 easy 了，要知道東方是我最大的一個夢，這個夢醒了我就再也無夢可作了。他坐在黑暗中，用一種冷靜又尖利的口氣說著，要讓妳對他所說的字字確解句句透析。

原來這就是他的心結。這真是太冤了，我怎麼會太 easy 呢？一點也不！我小學三年級愛上《基督山恩仇記》裡的孤膽英雄艾德蒙鄧蒂斯，小學六年級愛上《簡愛》裡驕縱任性的羅契斯特爾先生，又愛上《咆哮山莊》裡的頹廢浪子克利夫，國二愛上那個行動的侏儒思想的巨人羅亭，國三同時愛上《戰爭與和平》裡娜塔莎生命中的兩個男人，以致於高中聯考落到第四志願去，高一愛上《瘟疫》裡的李爾醫生，也愛上《劫後英雄傳》裡的吟遊詩人艾凡荷，高二愛上高三愛上整個大學階段一再愛上一個個棕髮金髮灰眼綠眼藍眼的白臉孔的男人，並為他們堅守自己的童貞，直到二十七歲那年你在新加坡中國城入口的印度廟赤腳向我走來時，我早已與你代表的那個族裔私訂終身十回百回了。妳在一封從沒真正動筆寫的信中這樣替自己辯解，說的句句都是實話，真實得像交通規則一樣，聽起來反倒像精心的編造了。

妳沒寫那封信，因為後來妳認為他的指控只是他羅織出來的罪名，在倫敦一些中學的校園裡，甚至裝設了保險套的自動販賣機，他這個大學裡的講師難道還當真想到早已比西方更開放更無禁忌的東方去談柏拉圖式的戀愛？再說，因為一心一意愛著你的族裔，我從來不曾委身於任何一個同文同種的男人，甚至連心也不曾動過，這在我們的第一回你就發現了，不是嗎？妳繼續在那封假想的信中說道，腦中浮現著他的身影。他真是英俊，妳每每看著他那頭蜜糖色的亂髮，就會記起小時候回鄉下外公家時，躺在稻草堆裡曬冬日陽光的感覺。妳還喜歡他的眼睛，他的眼睛在不同的光源下，會呈現不同的色澤，在正午的大太陽下，是迎光時啤酒泡沫的顏色。嘖嘖嘖。

White fantasy，打從啟蒙後就越演越熾的 white fantasy，這個 fantasy 在他那雙長睫毛的深思的眼睛注視下，瞬間成了活生生的真實。從印度廟出來後，兩人又去海洋公園又去熱帶植物園，隔天便決定由他退掉他飯店的房間，搬去妳的飯店與妳一起住。隨後妳又跟他去了馬來西亞。隨後他又跟妳到了臺北。分手七個月後，妳便辭掉工作飛去倫敦找他。Fantasy 總是美的，充滿愛的囈語美的頌詞，但是現實卻寒冷而荒涼。妳在他的世界裡寄人籬下，那個世界很大很大，妳卻很小很小，塵埃一樣小，一樣沒有著落，一樣無處安生。妳的闖入，慢慢地在他與他周圍的人之間挖出一道無形的溝渠，他所屬的那個階級用各種委婉但決絕的方式告訴他那個種族的門檻是輕易跨不過去的。他慢慢地就倦了厭了，終於他覓個藉口，揚手叫妳走了。

飛機懸在群星之間，黎明等在下一個經緯度上，妳的一顆心一直沈浸在一個浩大而不知名的哀愁裡，靜觀自己的夢在人生的灰塵裡茁壯起來又黯淡下去，離妳那麼遠，同時又與妳挨得那麼近。

妳的隔座這時遞給妳一條潔白的手帕，妳手伸到一半，才明白眼前那條手帕的意思，原來妳在沈思中流了滿臉的淚水，妳的鄰座一直用眼角的餘光偵查著妳情緒的變化，終於在關鍵時刻表達了他的關注。謝謝你，謝謝，我沒事的。不謝，對啦，這個傷口是在倫敦落下來的嗎?容我冒昧，早在剛上飛機時，我就發現妳心情非常非常沈重。

謝謝你，我沒事，我只是太想家了，幸虧我很快就會回到家了。妳用他的手帕拭掉臉上的淚，想像著他會為了留住上頭的妳的淚漬而堅持不洗那條手帕，一定會的，他看妳的眼光一直那麼柔情脈脈，一直那麼充滿 fantasy，讓妳沒來由的感到心悸，妳是信命的，這人在妳人生最低潮的時候跟妳上了同一個航班，又緊挨著妳坐著，總不會是純粹的偶然罷，妳與他的相遇必然還有著下文，這一念使妳的一顆心充滿著躁動與不安。

他的頭髮也帶著陽光下稻草的色澤，眼睛看起來像迎光時啤酒泡沫的顏色，Why not? white fantasy.妳唯一唯一的 fantasy，單單提姆·林格勒一個人是無法一筆勾銷它的。

# 三民叢刊書目

㉖作家與作品　謝冰瑩著
㉗冰瑩書信　謝冰瑩著
㉘冰瑩遊記　謝冰瑩著
㉙冰瑩憶往　謝冰瑩著
㉚冰瑩懷舊　謝冰瑩著
㉛與世界文壇對話　鄭樹森著
㉜捉狂下的興嘆　南方朔著
㉝猶記風吹水上鱗
・錢穆與現代中國學術　余英時著
㉞形象與言語
・西方現代藝術評論文集　李明明著
㉟紅學論集　潘重規著
㊱憂鬱與狂熱　孫瑋芒著
㊲黃昏過客　沙　究著
㊳帶詩蹺課去　徐望雲著
㊴走出銅像國　龔鵬程著
㊵伴我半世紀的那把琴　鄧昌國著
㊶深層思考與思考深層
・轉型期國際政治的觀察　劉必榮著
㊷瞬　間　周志文著
㊸兩岸迷宮遊戲　楊　渡著
㊹德國問題與歐洲秩序　彭滂沱著
㊺文學關懷　李瑞騰著
㊻未能忘情　劉紹銘著
㊼發展路上艱難多　孫　震著
㊽胡適叢論　周質平著
㊾水與水神
・中國的民俗與人文　王孝廉著
㊿由英雄的人到人的泯滅
・法國當代文學論集　金恆杰著
51重商主義的窘境　賴建誠著
52中國文化與現代變遷　余英時著
53橡溪雜拾　思　果著
54統一後的德國　郭恆鈺主編
55愛廬談文學　黃永武著
56南十字星座　呂大明著
57重疊的足跡　韓　秀著
58書鄉長短調　黃碧端著
59愛情・仇恨・政治
・漢姆雷特專論及其他　朱立民著

⑥⓪蝴蝶球傳奇　顏匯增著
・真實與虛構
⑥①文化啓示錄　南方朔著
⑥②日本這個國家　章　陸著
⑥③在沉寂與鼎沸之間　黃碧端著
⑥④民主與兩岸動向　余英時著
⑥⑤靈魂的按摩　劉紹銘著
⑥⑥迎向眾聲　向　陽著
・八〇年代臺灣文化情境觀察
⑥⑦蛻變中的臺灣經濟　于宗先著
⑥⑧從現代到當代　鄭樹森著
⑥⑨嚴肅的遊戲　楊錦郁著
・當代文藝訪談錄
⑦⓪甜鹹酸梅　向　明著
⑦①楓　香　黃國彬著
⑦②日本深層　齊　濤著
⑦③美麗的負荷　封德屏著
⑦④現代文明的隱者　周陽山著
⑦⑤煙火與噴泉　白　靈著

⑦⑥七十浮跡　項退結著
・生活體驗與思考
⑦⑦永恆的彩虹　小　民著
⑦⑧情繫一環　梁錫華著
⑦⑨遠山一抹　思　果著
⑧⓪尋找希望的星空　呂大明著
⑧①領養一株雲杉　黃文範著
⑧②浮世情懷　劉安諾著
⑧③天涯長青　趙淑俠著
⑧④文學札記　黃國彬著
⑧⑤訪草（第一卷）　陳冠學著
⑧⑥藍色的斷想　陳冠學著
・孤獨者隨想錄
A・B・C全卷
⑧⑦追不回的永恆　彭　歌著
⑧⑧紫水晶戒指　小　民著
⑧⑨心路的嬉逐　劉延湘著
⑨⓪情書外一章　韓　秀著
⑨①情到深處　簡　宛著
⑨②父女對話　陳冠學著

| | | |
|---|---|---|
| 93 | 陳冲前傳 | 嚴歌苓 著 |
| 94 | 面壁笑人類 | 祖　慰 著 |
| 95 | 不老的詩心 | 夏鐵肩 著 |
| 96 | 雲霧之國 | 合山　究 著 |
| 97 | 北京城不是一天造成的 | 喜　樂 著 |
| 98 | 兩城憶往 | 楊孔鑫 著 |
| 99 | 詩情與俠骨 | 莊　因 著 |
| 100 | 文化脈動 | 張　錯 著 |
| 101 | 桑樹下 | 繆天華 著 |
| 102 | 牛頓來訪 | 石家興 著 |
| 103 | 深情回眸 | 鮑曉暉 著 |
| 104 | 新詩補給站 | 渡　也 著 |
| 105 | 鳳凰遊 | 李元洛 著 |
| 106 | 文學人語 | 高大鵬 著 |
| 107 | 養狗政治學 | 鄭赤琰 著 |
| 108 | 烟　塵 | 姜　穆 著 |
| 109 | 河　宴 | 鍾怡雯 著 |
| 110 | 滬上春秋 | 章念馳 著 |
| 111 | 愛廬談心事 | 黃永武 著 |
| 112 | 吹不散的人影 | 高大鵬 著 |
| 113 | 草鞋權貴 | 嚴歌苓 著 |
| 114 | 是我們改變了世界 | 張　放 著 |
| 115 | 夢裡有隻小小船 | 夏小舟 著 |
| 116 | 狂歡與破碎 | 林幸謙 著 |
| 117 | 哲學思考漫步 | 劉述先 著 |
| 118 | 說　涼 | 水　晶 著 |
| 119 | 紅樓鐘聲 | 王熙元 著 |
| 120 | 寒冬聽天方夜譚 | 保　真 著 |
| 121 | 儒林新誌 | 周質平 著 |
| 122 | 流水無歸程 | 白　樺 著 |
| 123 | 偷窺天國 | 劉紹銘 著 |
| 124 | 倒淌河 | 嚴歌苓 著 |
| 125 | 尋覓畫家步履 | 陳其茂 著 |
| 126 | 古典與現實之間 | 杜正勝 著 |
| 127 | 釣魚臺畔過客 | 彭　歌 著 |
| 128 | 古典到現代 | 張　健 著 |
| 129 | 帶鞍的鹿 | 虹　影 著 |
| 130 | 人文之旅 | 葉海煙 著 |

| | | |
|---|---|---|
| 168 | 說吧，房間 | 林　白著 |
| 169 | 自由鳥 | 鄭　義著 |
| 170 | 魚川讀詩 | 梅　新著 |
| 171 | 好詩共欣賞 | 葉嘉瑩著 |
| 172 | 永不磨滅的愛 | 楊秋生著 |
| 173 | 晴空星月 | 馬　遜著 |
| 174 | 風　景 | 韓　秀著 |
| 175 | 談歷史　話教學 | 張　元著 |
| 176 | 兩極紀實 | 位夢華著 |
| 177 | 遙遠的歌 | 夏小舟著 |
| 178 | 時間的通道 | 簡　宛著 |
| 179 | 燃燒的眼睛 | 簡　宛著 |
| 180 | 月兒彎彎照美洲 | 李靜平著 |
| 181 | 愛廬談諺詩 | 黃永武著 |
| 182 | 劉真傳 | 黃守誠著 |
| 183 | 天涯縱橫 | 位夢華著 |
| 184 | 新詩論 | 許世旭著 |
| 185 | 天　讎 | 張　放著 |
| 186 | 綠野仙蹤與中國 | 賴建誠著 |
| 187 | 標題飆題 | 馬西屏著 |
| 188 | 詩與情 | 黃永武著 |
| 189 | 鹿　夢 | 康正果著 |
| 190 | 蝴蝶涅槃 | 海　男著 |
| 191 | 半洋隨筆 | 林培瑞著 |
| 192 | 沈從文的文學世界 | 王繼志　陳　龍著 |
| 193 | 送一朵花給您 | 簡　宛著 |
| 194 | 波西米亞樓 | 嚴歌苓著 |

195

## 化妝時代

陳家橋　著

陳，在一次陌生人闖入的情形下，成為一個殺人的疑犯，他必須找尋凶手，找尋這個和他打扮一樣的陌生人；就在他從化妝師那尋找線索時，他落入一個如真似幻的情境，在無法自拔時，他被指為瘋子，被控謀殺，他要如何去面對這一切的問題……。

196

## 寶島曼波

李靜平　著

年少時天真得令自己淪為笑柄的悲慘遭遇，事過境遷後往往反為記憶中開心的片段。本書中收錄著作者兒時的種種突發奇想，那屬於孩提時代的天真、忘我，有的令人噴飯，有些令人莞爾。在兒時距我們越來越遠的當兒，本書絕對讓你返老還童。

197

## 只要我和你

夏小舟　著

本書作者早年負笈日本，而後旅居美國。儘管足跡從保守的東方跨入開放的西方，但作者對兩性情感世界的關注卻不曾稍減。書中所收一篇篇帶著遺憾的真實故事，不甚完美的結局，恰能提供你我一個正視情感與人性的機會。

198

## 銀色的玻璃人

海　男　著

「林玉媚走進了花園深處，她想看看吹奏薩克斯風的這個人是誰？……」是什麼樣一段不為人知的記憶，輕輕撩撥這即將邁入三十的女醫生心絃？循著四月天的癌症病房，她慢慢鋪陳出一段段似有若無的感情軌跡，讓心隨著它一同飛翔。

199

## 小歷史——歷史的邊陲

林富士　著

想窺視求符籙、作法事、占夢等流傳已久的巫覡傳統嗎?想了解中元普渡傳統祭典的現代性格嗎?屎尿、頭髮與人肉又有哪些有趣的象徵意義呢?處於多元化的社會,這些「邊緣」文化所表現出民眾對鬼神及自然界不可知力量的敬畏,值得您深入探討。

200

## 再回首

鄭寶娟　著

本書收錄作者近期滿意的短篇創作十四篇,情感深刻,直指人心。誰說小說都只是風花雪月、不食人間煙火的夢幻,作者藉著細膩的感觸、流暢的敘述筆力,結構出人生各個層面的真情實感;而正因這份真實,讓人感歎紅塵種種的可貴與無奈。

201

## 舊時月色

張堂錡　著

「每個人都有自己的日光風景,每個世代的人都會創造出獨特的回憶。……只要流過汗水,踏實走過,每一步都會閃著黃金般的亮光。」這本散文集或敘童年往事,或寫人物情緣,或抒讀書雜感,是作者向青春,向散文告別的見證,讀來別有感懷。

202

## 進化神話第一部:駁達爾文《物種起源》

陳冠學　著

達爾文《物種起源》一書,闡釋了「物競天擇,適者生存」的自然進化學說。一百多年來,人們一直戴著這副偏光鏡片去觀察世界,而不自知。本書以科學的論述,客觀地指出進化理論的矛盾意想,層層揭露了進化神話的迷思。

203
## 大話小說
莊因 著

作者以其亦莊亦諧的筆調，探觸華人世界的生活百態，這其中有憶往記遊、有典故，當然還有他所嗜好的飲食文化，綜觀全書，不時見他出入人群，議論時事，批評時弊，本著知識份子的良知良行，期待著中國人有「說大話而不臉紅的一天」。

204
## 人禍
彭道誠 著

太平天國起義是近代不容忽視的歷史事件，他們主張男女平等，要解百姓倒懸之苦。而戰無不勝勢如破竹的天朝，卻在攻下半壁江山後短短幾年由盛而衰，終為曾國藩所敗，何以有此劇變？讀者可從據史實改編的本書中發現端倪。

205
## 殘片
董懿娜 著

讀董懿娜的小說就像凝視一朵朵淒美的燭光。她筆下的女主人翁大都是敏感又聰明的人物，明明知道等待著她的是絕望，她還要希望。而她們的命運遭遇，會讓人覺得曾經在塵世間匆匆一瞥。本書就在作者獨特細緻的筆觸下，編排著夢一般的真實。

206
## 陽雀王國
白樺 著

中國施行共產主義，在政治、文化、生活作了種種革新，人民在一波波浪潮衝擊下，徘徊新舊之間。本書文字自然流暢，以一篇篇小說寫出時代轉變下豐富的眾生相，可喜、可憎、可愛的人生際遇，反應當時社會背景，讀之，令人動容。

207

## 懸崖之約

海男 著

「男人與女人在此約會中的故事，貫穿著一個幸運的結局和另一個戲劇的結局」。一個患腦癌的四十歲女子，她要在去天堂之前去訪問記憶中銘心刻骨的每一個朋友，也許是密友、情人、前夫，她的生活因為有了昨日的記憶，將展開一段不同的旅程。

208

## 神交者說

虹影 著

人的情感總是同時交雜著出現，很難只用喜悅、悲傷、恐懼等單純詞語完整表達。而本書作者細緻地記述回憶或現實的片段，藉以呈現許多情況下（如養父過世，或只是邂逅陌生人等）人複雜多變的感覺，使讀者能自然地了解書中的情境與人物的感受。

209

## 海天漫筆

莊因 著

或「拍案叫好」或「心有戚戚」或「捫心自思」，作者以其多年旅居海外經驗，與自身文化激盪的心得，發為一篇篇散文，不但將中華文化精萃發揚，亦介紹西方生活的真善美。且看「海」的那片「天」空下，作者浪「漫」的妙「筆」！

國家圖書館出版品預行編目資料

再回首 / 鄭寶娟著. -- 初版. -- 臺北市：
三民, 民89
冊； 公分. --（三民叢刊；200）

ISBN 957-14-3101-X(平裝)

857.63 88014714

網際網路位址 http://www.sanmin.com.tw

著作人 鄭寶娟
發行人 劉振強
著作財產權人 三民書局股份有限公司
臺北市復興北路三八六號
發行所 三民書局股份有限公司
地址/臺北市復興北路三八六號
電話/二五〇〇六六〇〇
郵撥/〇〇〇九九九八——五號
印刷所 三民書局股份有限公司
門市部 復北店/臺北市復興北路三八六號
重南店/臺北市重慶南路一段六十一號
初 版 中華民國八十九年一月
編 號 S 85512

基本定價 參元陸角

行政院新聞局登記證局版臺業字第〇二〇〇號

ISBN 957-14-3101-X （平裝）